DARIA BUNKO

傲慢な幼なじみとひみつの恋煩い

森本あき

ILLUSTRATION 明神 翼

ILLUSTRATION
明神 翼

CONTENTS

この作品はフィクションです。

実在の人物・団体・事件などに一切関係ありません。

傲慢な幼なじみとひみつの恋煩い

この人のためなら何でもできる。
そんな相手に出会えたことが、何よりも幸せ。

1

「ない…。どうしよう…」

星奈琴音《ほしなことね》はカバンの中をがさごそと探った。出かける前に絶対に入れたはずなのに、台本が見当たらない。

「また…？」

はああ、と大きなため息がこぼれる。

そう、台本がなくなるのは、これが初めてじゃない。最初は入れ忘れたのかと思っていたけど、ちがった。

台本管理はマネージャーである自分の仕事なのに。そして、絶対に何度も確認したのに。それでも忘れるなんて、さすがに仕事ができなすぎるんじゃ、と落ち込んだこともある。

だって、わざわざ他人の楽屋から台本を盗む、なんていやがらせをする人がいるとか考えたこともなかったし。芸能界についてはほとんど何もわからないままマネージャーになったから、考えが甘かった。

ある日たまたま、楽屋から遠く離れたゴミ箱に、なくしたはずの台本が捨てられているのを見つけてしまったのだ。表紙に名前が書いてあるから、だれのものかはすぐにわかる。

新たに台本をもらいに行こうとしていたところだった。ゴミ箱から拾うのはどうしてもいやで、すみません、台本を忘れました、と謝って、新しいのをもらってきた。

楽屋に帰りながら、暗澹《あんたん》たる気持ちになる。

台本は楽屋に置いていた。つまり、だれかがわざわざ楽屋に入って台本を盗んで、遠くのゴミ箱に捨てたということ。

これは完全なるいやがらせ。というか、人のものを勝手に持ち出してるんだから犯罪。

だれがやったのか、それを詮索《せんさく》するのもいやで忘れることにした。もう二度と盗まれないようにすればいいだけ。

なので、最近は楽屋を出るときはかならず鍵《かぎ》をかけている。

お財布やスマホなどの大事なものは斜めがけバッグに入れて体から離さないようにしているし、楽屋には着替えとかそういったものしか置いてない。だからこれまでは、トイレに行ったり、自販機に飲み物を買いに行くなど、ちょっとの時間、だれもいなくなるぐらいなら鍵をかけなかった。さっと行って、さっと帰ってくるだけだから平気、と。

いまは全然、平気じゃない。

ゴミ箱に台本が捨てられているのを見た瞬間、正直なところを言えば、背筋が凍《こお》った。

怖《こわ》い、と思った。

ここにあるのは台本じゃない。他人の悪意だ。

勝手に楽屋に入ってきて、カバンの中を探って、台本を盗《と》るほど憎《にく》い。

その心理が琴音にはよくわからない。芸能界がきれいな世界じゃないと知ってはいたけど、そこまでするなんて。

守らなきゃ、と琴音は強く思った。

他人の悪意から、いやがらせから、彼を守ってあげなきゃ。

そんなに弱い人じゃないとわかってはいるけど、それでも、守りたい。

台本をゴミ箱で見つけて以来、ずっと気をつけていたから、楽屋から何かが盗られることもなくなった。だから、油断してしまった。飲み物を買うだけだから、と。自販機は廊下の突き当たりにあるし、楽屋のドアはずっと見えている。

まさか、そんなに執念《しゅうねん》深く狙《ねら》われてるなんて、思ってもみなかった。

あれ、でも。

琴音は違和感を覚える。

たしか、鍵はかけてたよね？　だって、さっき、飲み物を二本持ったまま、鍵をカバンから出そうとして手間取ったんだし。

え、じゃあ、どういうこと？　もしかして…。

ぞわぞわぞわぞわ。

琴音の全身が震えた。

だれかが合鍵を作ったとしか考えられない。そして、楽屋に忍《しの》び込んだ。

でも、それだと、予防のしようがなくない？　それに、そこまでする執念がものすごく怖い。

どうしよう。この部屋、盗聴器とかカメラとかしかけられてないよね？

「なあなあ、琴音」

琴音がパニックになりかける寸前に、ヘアメイクを終えて阿久津来人《あくつらいと》が戻ってきた。

琴音がマネージャーをしている売れっ子俳優だ。

それだけの関係じゃないけど、とりあえず、表向きはそういうことにしている。

わ、あいかわらずかっこいい。メイクしなくてもかっこいいけど、したらしたで男前度があがる。

いまどきのイケメンというのだろうか。スタイリッシュな顔立ちをしている。スタイリッシュな顔立ちってどういうことだろう、と思うけれど、雑誌とかでもそう評されてるんだから、しょうがない。

目はきれいな二重《ふたえ》で少しつり目。鼻筋はすっと通っていて小鼻が小さい。唇《くちびる》も薄め。輪郭《りんかく》も細い。それがアジアンビューティーっぽくていいらしい。たしかに、アジアンな顔立ちではある。髪色は役にあわせるので、今回は茶髪。でも、本人は黒髪が一番好きだ。

横に立つのは絶対に遠慮したい、と思うほど、琴音も容姿が悪いわけじゃない。マネージャーだから、見かけなんて別にどうでもいいんだけど。

琴音は少し丸顔で、おなじく二重。くりっとした目に、鼻はちょっと大きめだ。団子鼻《だんごばな》っていうのかな？　そこまでひどいわけでもないけど、来人のようなきれいな鼻がうらやましい。唇も少し厚め。たぬき顔とよく言われている。

「このセリフ、俺じゃないよな？」

来人の手には台本があった。

よかった…。

琴音は言葉に出さずに、心の中だけでそうつぶやく。一人きりなら、喜びの舞を全力で踊りたいぐらいだ。

さすがに合鍵ともなると琴音の手にはおえないので、スタッフさんに相談するしかない。また阿久津来人か。

そんな顔で見られるのは別に全然いいんだけど、楽屋を変えてもらうのは手間がかかるし、鍵の管理をしてる人は絶対に怒られる。怒られるだけですめばいいけど、クビにでもなったら後味が悪い。

合鍵を作られたんじゃなくて、本当によかった。来人が持っていったから台本がなかっただけだった。

あー、ほっとした。

「どれ？」

琴音は来人の持っている台本をのぞき込む。

「ここ、ここ」

来人の役名が書いてある数行を指さされた。来人はとても指が長くてきれいでうらやましい。琴音は手が小さいから、特に。

「昨日の夜、セリフ覚えながら、あれ、これ、俺じゃなくね？　って思ってさ。たしかめようと思ってたら寝てた」

寝つきのよさは天下一品だもんね。

「ほんとだね」

読んでみると、たしかに、来人の役のセリフじゃない。こういったまちがいはたまにあるので、監督にたしかめないと。そもそも、台本のあがりがぎりぎりだから、台本をこっちに渡してきた時点で監督自身が把握《はあく》できてない可能性もある。

人気脚本家を使うと撮影の前日に台本があがってきたりするので、毎回、綱渡《つなわた》りだ。来人は今回、おいしい立場の脇役《わきやく》だからいいけど、主役は膨大《ぼうだい》なセリフを覚えなければならない。前日にあがるとか、本当に気の毒。

そして、撮影時間がものすごくタイトになる。今日なんて夜明け前に集合だった。役者だけじゃなく、スタッフさんも大変すぎる。役者は空《あ》き時間に仮眠したりできるからいいけど、スタッフさんは動きっぱなしだよね。

いまもまだ外は暗い。二月の朝だから当たり前なんだけど。こんな時間から撮影しなければ間に合わないって、大変すぎる。

「ちょっとたしかめてくる。来人、楽屋にいる？」

「いや、つぎは衣装《いしょう》さんとこ」

「じゃあ、一緒に出よ」

鍵かけないといけないし。来人に鍵をかけるよう頼むのはいやだ。なんで、いちいち鍵かけるんだよ、と聞かれても答えられない。

来人には、台本を盗まれるから、なんて言いたくない。それを知ったら、犯人を探してぼっこぼこにしそう。

来人は十八歳で連ドラの主役という鮮烈なデビューを飾《かざ》り、そのドラマが高視聴率をとり、一気に売れっ子になった。そして、いまもずっと売れつづけている。デビューしたてのころは本当にとがっていた、と来人本人が認めている。バカにされたくなくて、逆にこっちが相手をバカにしていた、と。

それを若いころの過《あやま》ちとして笑って言えたならよかった。

二十三歳になったいまも、来人はとがったままだ。初対面の相手にはもれなく好戦的だし、自分より下手《へた》な役者は完全にバカにしている。ＮＧを連続で出そうものならあからさまに不機《ふき》嫌《げん》になって現場の雰囲気が悪くなる。

あんたの芝居《しばい》、最悪なんだけど、と人前で言ったあげく、あいつが出るなら俺が降りる、とゴネ出して、結局、クビにしたり。飲みに行こう、と誘われたら、え、あんたと芝居の話をするつもりはない、っていうか、それ、芝居だと思ってる？　と真顔で告げて、相手を激怒させたり。女優さんにあからさまにアプローチされて、触《さわ》んな、ブス、と振り払ったり。

挙げていけばキリがない。

そう、台本を捨てられるのは来人がたくさんの人から恨まれているからだ。全方位に喧嘩《けんか》を売っているといっても過言じゃない。

その範囲が広すぎて、だれが捨てたのかなんて絞《しぼ》れない。もしかしたら、一人じゃないかもしれない。

性格が最悪な俳優として、よく週刊誌でたたかれている。芸能記者相手に、こんな仕事して、よく人間やめたくなんないね、と言ったりもする。そんな人をほめる記事なんてだれも書きたくないだろう。

でも、芸能記者にコビを売るのは来人らしくないから、琴音はとめない。そもそも、琴音も芸能記者があまり好きじゃない。

普通なら、こんな役者を使いたくはないと思う。それでも、仕事が途切れないのは、来人がドラマに出れば高い視聴率をとり、映画に出れば一定の興行《こうぎょう》成績をあげるから。

数字を持っている。

それが一番の理由。

いくら実力があっても利益をもたらさなければどうしようもない。

そのうえ、来人にはたしかな実力がある。

天使のように純粋無垢《むく》な子から平気で人を殺す感情のない殺人鬼まで、役幅が広すぎてカメレオン俳優と呼ばれている。

阿久津来人にできない役はない。

キャスティングの人たちからは、ありがたいことにそう言われている。おかげで、ドラマや映画にひっぱりだこ。本人は、ホンがおもしろかったらなんでもやる、と公言していて、本当になんでもやる。普通、これだけ人気がある若手だと主役固定なのに、そういったこともない。今回の連ドラは脇役だ。この脚本家の出たかったんだよな、とホンを読む前にオッケーを出していた。

出番がないときも多いので、並行《へいこう》して別の映画も撮っている。こっちも脇役。主役の話をいただくことが多いのに、ホンがつまんないからやだ、と引き受けない。たしかに、主役でオファーされるのは、スイーツ映画と呼ばれるようなものばかり。来人のかっこよさと人気で観客を呼び込みたいんだから、そういう企画が多数を占めるのはしょうがない。

ＣＭを十本やっているので、ドラマや映画に出なくても余裕で食べていける。来人の出演料は一本五千万円で、単純計算で年間五億。事務所の取り分を引いたとしても、かなりの金額が来人のところに振り込まれる。

歌を出しませんか、バラエティ番組にレギュラーで出ませんか、などといったオファーも多いけれど、役者しかしたくない、と来人は全部断っている。CMは、一応、演技に入るらしい。あと、大作じゃない映画やドラマ（ギャラが安いから事務所にあまり利益がない。普通なら渋《しぶ》られる）に出るには必要な仕事、と冷静に分析していた。

来人もバカじゃないから、そういうのはきちんと理解している。

「おい、琴音、行くんじゃないのか」

来人に声をかけられて、琴音は我に返った。

「うん、行く…。あ、会社から電話だ」

斜めがけバッグの中でスマホが鳴っている。会社からの電話はゴジラのテーマが着信音だ。なんとなく身が引き締まるし、少しの恐怖も含んでいたりして、結構ぴったり。音を出していることの方が少ないけどね。スタジオでは電源を切っているし。

こんな朝早く、どうしたんだろう。社長は眠ってそうなのに。

まさか、また来人が何かした？

「はい、もしもし」

恐る恐る出ると、電話の向こうで社長が興奮気味に話している。早朝なのにテンションが高いな、と思っていたけれど、聞いていくうちにそれは琴音にも伝染した。

「はい、はい、はい。え？　ホントですか！」

琴音は来人の腕をとる。ちょっと待って、の合図だ。

「ええ、ええ、撮影後にインタビューの申し込みが入っている、と。わかりました。本人にたしかめます」

「なんだ。またためんどくさいことか」

全然めんどくさいことじゃない。でも、来人を驚かせたい。

琴音はわざと平静を装って、来人に話しかけた。

「こないだの映画、『春のかけら』を覚えてる？」

「覚えてるに決まってるだろ。俺は出た映画もドラマも初期のころの以外はそこそこ覚えてる。自分で仕事を選べなかった時代の、とんでもなくくだらないやつは記憶から消し去ってるけどな」

こういうバカ正直なところが敵を作るんだってば。もうそろそろ落ち着いてくれないかな。

「あれのトランスジェンダー役で映画賞取ったよ！」

「だれが？」

「来人に決まってない？」

トランスジェンダーやったの、来人だし。そもそも、琴音のところに、どうしてほかの人が賞を取った連絡がくるわけ？

「なんの？　映画賞ってピンキリじゃん」

日本国内の賞はほとんど取りつくしているので、来人は賞に対してとても冷めている。映画は全員で作るものだし、監督やプロデューサーやスタッフや何人かの尊敬する役者さんのために表彰式は出るけど、こういう場所に出てくるの本当は大っきらい、とレッドカーペットで笑顔で答えて以来、カットできない生放送の取材には会社から禁止令が出ている。そのリスクマネジメントは正しい。

本当にお騒がせ俳優と呼ぶのがふさわしい。

「ベルリン映画祭」

「は？」

さすがの来人も、ぽかん、と口を開けた。

「ベルリンって、ドイツのベルリン？　それとも、日本にそんな都市があって、独自に映画祭を開催してて、そこが賞をくれたとか？」

「あのベルリン映画祭」

「三大映画祭の？」

「そう、そのベルリン映画祭」

ウソだろ、という表情に、来人の純粋な驚きがこめられていて。

ああ、昔と変わってないな、と思う。

いくら売れっ子になっても、すごい役者でも、幼いころから知っている来人のままだ。

来人はとても傲慢《ごうまん》で自信家で好戦的なところばかりが目立っているけれど、その中身は臆《おく》病《びょう》で繊細。そうじゃなければ、あれだけ緻密《ちみつ》に役を構成して演じることなんてできない。

憑依《ひょうい》型と呼ばれているが、実はちがう。きちんとすべてを考えて、計算しつくして、演じている。

どんな役でもできるのは、その人になりきるからじゃなくて、その人ならどういう行動をするのか、あらゆる角度から考えて、作り込んでいるから。

この役の人物ならどうするのか。どうすれば正しいのか。

それをきちんと自分の中に落とし込んでいる。

憑依型の方がかっこいいじゃん、というのと、努力しているのを知られたくないので、なんにもせずに演じてます、というふりをしている。

そういった、ちょっと露悪的なところも昔から変わらない。

「映画が賞を取ったのか？」

「来人が主演男優賞」

「ウッソだろ…。それ、俺の最終目標なんだけど」

「アカデミー賞じゃないの？」

目標はありますか？

そう聞かれるたびに、来人は、アカデミー賞の助演か主演男優賞を取ることです、と答えている。くだらない質問には鼻で笑って答えないのに、目標に関してだけは真面目《まじめ》に答えるし、内容もずっと変わらない。

これはふざけているのか、本気なのか。

インタビュアーが、いつもとまどっている。

もちろん、来人は本気だ。

ハリウッド映画に出てアカデミー賞を取ること。

役者ならばだれもが目標にしているそれを、来人だって真剣に目指している。

ただ、いまの実力ならアメリカに渡ったところで通用しない、ということはきちんとわかっていて、渡米してハリウッド映画のオーディションを受けよう、なんて無謀《むぼう》な挑戦をしたりはしない。

来人はどんなことに対しても俯瞰《ふかん》で物事を見る。

自分の演じられる役。やりたいこと。できること。

それを、来人なりに把握している。

だったら、もっと円滑《えんかつ》な人間関係を築けば現場でも楽だろうに、と思うんだけれど、役者とも呼べないヘタクソとは口もききたくない、とそこはとても頑固。

自分にできるのは演技だけだから、役者の良し悪しはわかる。その、悪し、とは関わり合いになりたくない。

それはとても来人らしい考え方で、琴音も、そうだよね、と心の中ではうなずいてしまう。

マネージャーという立場上、おおっぴらに賛同することはできないけれど。

対象は役者だけなので、自分にできないことを生業《なりわい》にしているスタッフさんには、とても穏やかに接する。悪評を聞いて怯《おび》えていたスタッフさんとも、すぐに仲良くなっている。

事務所に関してもおなじ考え方だ。俺には自分のマネージメントとか無理だから、そういうのは全部、事務所にまかせるし、所属する役者のめんどうを見ている社長のことはすごいと思ってる、といつか言っていた。

尊敬している役者とは普通に話す、というか、むしろ、なついている。だいたいが年上なので、向こうもかわいがってくれる。

阿久津来人に認められている。

それは自慢にもなるのだろう。

「アカデミー賞はさ、ハリウッド映画に出ないと無理じゃん」

あ、アカデミー賞の話だった。

「うん、まあね」

たまにハリウッド映画以外でもノミネートされたり、主演男優賞を取ったりもするけれど、ほぼハリウッド映画で占められている。外国語映画賞があることでも、それがよくわかる。

「日本の映画に出てて最高の栄誉って、やっぱり三大映画祭の賞なわけ。それも、映画が賞を取ったんじゃなくて、俺が！　単独で！　主演男優賞を！　取ったんだろ！」

話していくうちに興奮してきたのか、声が大きくなっていく。

「え、これ、どっきりとかじゃないよな？　もしそうなら、事務所やめるぞ」

これは脅しでもなんでもない。来人がやめると言ったらやめる。

あいつを降ろさないなら、俺が降りる。

そう言って、本当に降りたことがあるから、よく知っている。マイナスなことを、よく考えずに口にするような性格でもない。

本当に来人って誤解されてるよね。来人のやさしくて繊細な部分を知ったら、だれもが好きになるだろうに。

でも、スタッフさんや尊敬している役者にはとてもかわいがられているから、来人が心を開いている人はわかってくれている。

それは救いだ。

「事務所に連絡が入ったって聞いてるよ」

「俺は、賞に出してたことすら知らなかったぞ」

「映画の完成披露試写会で、いろんな海外の賞に出すことが決まった、って言われたでしょ。聞いてなかったの？」

「うん、全然。演じて、完成したものを見て、自分の演技に満足したらおしまい。俺の中ではもうないことになる。じゃないと、つぎの役ができない」

「並行して、いろんな役をやってるのに？」

たとえば、今回のドラマの役は、若いころ勢いで結婚して失敗したバツイチの、だけど、なんにも気にしていない底抜けに明るい男で、映画の方は、人生に挫折《ざせつ》して自殺をしようとするところをヤクザに止められて、やけくそで極道《ごくどう》の世界に飛び込む男。これだけの振り幅があるのに、きちんと演じ分けができている。どっちもコメディということしか共通点がないのに。

「カメラがあって、台本があれば、その役になりきれるけどさ。終わってまで引きずってたら、俺の中、何十人って人格ができちゃうから。撮り終わったら捨てるんだよ。自分の中から、きれいさっぱり取り出す。並行してるときは切り替えられるんだよな。なんでだろう。あれは自分でも不思議」

へえ、来人にもわからないことがあるんだ。

「それよりも！　なんで、俺、ベルリンに行ってないんだよ！　ああいうのってノミネートされたら招待されるんじゃないのか！」

「だから、映画の制作チームが行ってるよ。来人、自分で、忙しいから行かない、って言ったんだよ。覚えてないの？」

『春のかけら』はいろんな映画祭に出品されて、ノミネートしてくれるところも多い。トランスジェンダーの主人公がいろんな人と出会い、自分を本当の意味で受け入れていく、とても後味のいい映画だ。苦悩もするんだけど、からっとしている。泣いて、すぐ笑う。恋をして、失恋をして、それでもまた恋をする。挫折しては立ち上がる。人生の応援歌みたいな映画を作りたいんだ、という監督の話に、だったら出ます、と即答して、本当に応援歌みたいな映画ができた。

初めて完成した映画を見たとき、来人が演じている主人公があまりにもきらきらしていて、話を全部知っているのにぼろぼろ泣いてしまった。そのぐらい、楽しくて幸せで、でも、ちょっと切なくて。

本当にいい映画だと思うので、評価されていることは嬉《うれ》しい。

そして、来人が世界に認められたのが嬉しい！

あ、じわじわと喜びが襲ってきた。来人とおなじく、琴音もあまり信じていなかったのかもしれない。

だって、ベルリン映画祭の主演男優賞だよ？　それをさ、弱冠《じゃっかん》二十三歳で取るとかさ、うわあ、どうしよう。

嬉しい！

「来人、おめでとう！」

「なんだよ、急に」

来人がびっくりしたように琴音を見た。

「ぼく、いま実感が湧《わ》いたの」

「おまえも信じてなかったんだろ？」

「うん、そうみたい」

来人に嘘《うそ》をついたところで、どうせばれるだけだから、正直に言う。

「大丈夫だ。俺はいまだに信じてない。社長が俺をだますとも思えないから、社長がだまされてるんだと思う。そもそもさ、こういうの取ったら、ニュースで速報とか流れるんじゃないのか？」

「まだ、その段階じゃないんじゃない？」

「え、だって、授賞式が終わったから俺に電話があったんだろ？　だとしたら、テレビでテロップ出るはずだし、お祝いの電話がじゃんじゃん…、あれ、俺、スマホどこやった？」

「電源切ってるよ」

来人は楽屋に入ると同時にスマホの電源を切る。現場に入ったら、いちいち電話に邪魔されたくない、という理由だ。来人が忙《いそが》しいのは周りもわかってるし、どうしてもいますぐに来人と直接話したいほどの重要な用件なら、事務所か琴音に連絡すればいい。琴音はさすがにスタジオ内にいるとかじゃなければ電源を切らないし。

「琴音のとこには事務所からの一本だけだろ？」

「うん、そうだけどさ、この時間だよ?」

まだ、みんな寝てる。そうか、ベルリンとは時差があるから、向こうが夜に発表するとこんな時間になるんだ。テレビで速報とかやってるかな? 楽屋でテレビをつけないから、それもわからないんだよね。

「時間の問題なのか?」

来人が、うーん、と考え込んでいる。

「どうしたの? 嬉しくないの?」

さっきまであんなに喜んでいた来人のテンションが急に低くなった。

いったい、どうしたんだろう。

「なんかさ、ゴールが突然やってきたっていうか…。俺が欲しくてしょうがなくて、これから目指そうと思っていたものが、勝手に転がり込んできたっていうか。これで賞を取るぞ! って、俺は思ってなかったわけで。だから、映画祭の話もよく聞かずに断ったわけじゃん? 普通に考えて、主演男優賞が取れそうなら行くだろ。映画見て、これじゃ無理だ、って思ったから行くの断ったんだろうし。そもそも、映画賞を狙って出たわけでもないからな。狙うなら、もっと別の役…、いや、役はいいか。問題はホンだな。ほのぼのした話って賞を取れない傾向にあるから、もっとこう、日本っぽいじめっとした感じのに出たぞ」

「まあ、そうだよね」

賞を狙うことが悪いとはまったく思わない。アカデミー賞狙い、という言葉はよく聞くし、アカデミー賞を取れそうな役を積極的にやる役者さんは山ほどいる。評価されてもいいはずなのにアカデミー賞を取れてない人たちが、特にそのイメージだ。海外の売れっ子役者さんは一年に一本出れば食べていけるのか、アカデミー賞のために全力投球な感じがする。そして、受賞したら、好きな映画に出まくる。苦悩したり、むずかしい表情ばかりな、いかにもアカデミー賞が好みそうな役を選ばなくていいからか、かなり弾けたものが多い印象だ。

「でも、俺が知らなかっただけで、みんなはこのほのぼの路線で賞を目指してたわけだよな？　意外すぎる」

「んー、これは逆かな？　完成したらものすごくよかったから、配給元が突然がんばり始めたんだよね。これから賞を狙って、箔《はく》をつけて、興行収入でもがんばります、って。だから、完成したのは結構前なのに、まだ公開してないんだよ。映画賞受賞っていう箔付けをしたいんでしょ。あ、でも、よかった！　これで箔付けできたよ！」

また喜びがじわじわと湧き起こってくる。

そうだ、来人が主演男優賞！

「本当によかったねえ…。がんばってたもんね…」

トランスジェンダーがどういうものなのか、そうじゃない俺には本当の意味でわからないけれど、トランスジェンダーの人が見ても違和感を覚えたり、不快感を抱いたりしないようにしたい。

そう言って、たくさんの資料を読んだり、実際にトランスジェンダーの人たちに会ったりしていた。そういった努力を絶対にだれにも知られたくない、と自分で全部セッティングする。まあ、正確に言えば、琴音がすべてセッティングする。

自分ではないものを演じるのが役者だとはいえ、さすがに自分の中にまったく知識がないものを一から構築するのはむずかしい。このとき、来人はとても悩んでいた。

やばい、できないかも。

そんな弱音を聞いたのは、このときだけ。

悩んでもがいた分、映画の出来はすばらしくて。そして、今回の受賞。

選評が聞きたい。よく考えたら、あの映画を見た人は日本には関係者しかいない。海外でも映画祭でしか上映されていないので、ごくわずかな人数だ。

自分たちが最初に完成披露で見たときの感動を、みんな、共有してくれているんだろうか。

「がんばってたっけ?」

来人が眉《まゆ》をひそめた。

「え、それも忘れるの?」

「だから、全部忘れる。やった役は覚えてるけどさ、どういう心情だったとか、どうやってやったとか、そういったのは全部捨て去るんだってば。おなじやり方ばかりで役にアプローチしてもしょうがないし、楽な方法を見つけるとそっちにいっちゃいそうだから。全部捨てて、新しくやり直し」

そういうの、インタビューで言ってほしいんだよね。こんなに真面目な人、そうそういないよ？　ほぼ一日中、役のことを考えてるんだよ？

でも、そんな人だと思われたくないから、演技をするために必要なことは、と聞かれて、才能ですかね、才能ないやつは何やってもムダですから、とか言っちゃうんだよね。

傲慢だの性格悪いだのと言われるのはしょうがない。本人がわざとそう見せてるんだから。

「あ、そうだ！　主演男優賞を受賞したことに対するインタビューの申し込みがさっそくきてるんだって。でも、来人は来人だから、書面で気持ちを伝えるだけでもいいってさ。どうする？」

「なんだ、その、来人は来人だから、って」

来人が、ふん、と鼻を鳴らした。

「レッドカーペットで、ほかのくだらない映画を見る暇《ひま》はないですから、ライバルとか言われても知りませんとか言っちゃってバッシングされるような来人だから」

それは、完全なる悪口だからね。公《おおやけ》の場で口にしたらたたかれるよ。しょうがない。

「相手はベルリン映画祭だし、うっかり、とんでもないことを言われても困るんだよな、って社長が」

「んー、じゃあ、書面にしよう。インタビューされるにしても、完成試写見たの、結構前だから、映画の内容も完全には覚えてない…っていうか、あんまり覚えてないし、いろいろボロが出そう。役作りはどうされました？　とか聞かれても困る」

「あ、内容も覚えてないいんだね」

インタビューは断ろう。ボロが出るどころか、映画に悪影響を与えかねない。

「じゃあ、受賞の喜びを書いて。それを事務所に送るから」

そのあとは、社長が報道機関各社に送ってくれる。とても小さな事務所なので、そういった細かいことも社長がやっている。

来人が稼いでいるから、もっと所属人数を増やしてもいいと思うのだけれど、社長は昔、役者をやっていた人で、本気で役者をやりたいやつ、才能のあるやつしか入れない、と、これまた頑固だ。たぶん、儲《もう》けとかあまり考えてない。ほかの人に聞いてないからわからないけれど、ギャラの歩合《ぶあい》も役者寄りなんじゃないだろうか。おかげで来人は毎年、結構な額をもらっている。

事務員もマネージャーもとにかく少ない。売れるまでは自分で全部やれ、と公言していて、来人も専属マネージャーがついたのは、デビューして二年ぐらいたったころだった。事務所初の売れっ子なので対応が遅れた、あのときは悪かった、と社長はいまだに申し訳ながっている。

専属マネージャーがつく少し前、来人は疲労困憊《こんぱい》だった。ある日、ひとつの現場が終わったあと、つぎに自分がどこに行くのか、それどころか、何をしているのか、このあと、何をするのか、とにかく全部がわからなくなった、という。事務所に電話をして、もうこのまま海に行きます、と告げたら、さっそく翌日からマネージャーがついた。その人はいまも事務所にいて、来人以外のタレント全員のマネージャーをしている。

来人のマネージャーやったあとだと、いまがすっごく楽。

琴音に会うたびに、そう言ってくるし、がんばれよ、とポンポン肩をたたかれる。

どういう意味で楽なのか、がんばれ、なのか、いまいち意味がとらえづらい。

来人がいろいろな問題を起こすから大変だったのか、忙しすぎて大変だったのか、それとも、その両方なのか。

来人はマネージャーに横暴な態度をとることもないので、そういった大変さは絶対にない。

自分ができないことをしている人は全員すごい。

それが来人のスタンスだからだ。特に、海に行こうと思うまで追いつめられたあとだと、当時のマネージャーは救いの天使に見えたはず。

琴音はまた事情がちがうから前のマネージャーと比較はできないけれど、来人自身が琴音に対してわがままを言う、ということは絶対にない。ただ、来人が起こしたもろもろのトラブルの後始末はたしかに大変だ。

相手に謝るのも、現場の空気をどうにかするのも、向こうの事務所が出てきたらそれに対応するのも、全部、琴音の役割。琴音が無理なら、社長が出ていく。

来人はそれを知っているが、そこは本当に申し訳ない、でも、俺は謝らない、いやだ、とゆずらない。ヘタクソに下げる頭なんかない、ということらしい。

いいけどね、そのぐらい。もう慣れたし。

「いま書くのか？」

何を？　あ、受賞の喜びね。

「いま書いて。このあと、撮影に入るでしょ。そしたら、かなりあとになるよ。社長だって、さっさと送っておきたいだろうし」

「えー、俺、まだ実感してないのに。なんかある？」

「なんかって？」

「そのニュースが載ってる媒体《ばいたい》。ネット関係は早いだろ」

「ああ、そうだね。検索してみるよ」

いろんなニュースサイトを見るのもマネージャーの仕事。とくに来人はいろいろやらかすので、何が出てくるかわかったものじゃない。

ニュースサイトを開いたら、ずらり、と上から来人の受賞のニュースが並んでいた。

「来人、見て！」

琴音は思わず興奮して、その見出しだけの羅列《られつ》を来人に見せる。

「うわ、監督だ！　元気かな」

来人がにこにこしながら、記事のところに小さく写っている監督を見ている。

撮影中、すごく仲良くなったもんね。嬉しいよね。

「結局、映画は賞を取れなかったのか」

「そうみたいだね」

阿久津来人、主演男優賞、としか書いてない。

「残念だな。あれは、とってもいい映画だった…気がする」

「覚えてないのに言わないの！　受賞の喜びを書くときも気をつけてよ」

「あ、そうか。書かなきゃいけないのか。本当にいますぐ？」

「いますぐ」

できることはさっさと終える。そうしないと、どんどんやることが増えていくだけ。

「じゃあ、ちょっと衣装さんに断ってきて。緊急の用事が入ったんで、もうちょっとあとからになります、って。出番まで、まだ時間あるよな？」

「あ、そうだ。セリフの件についても聞かなきゃ！　それもあわせてたしかめてくる。直筆《じきひつ》でそのまま送るから、ちゃんときれいな字で書いてよ」

もともと、来人はきれいな字を書くけどね。幼いころ、本格的に習字を習っていたので、文字のバランスもいい。

「え、直筆で送るのか？」

「インタビューがわりだし、直筆じゃないと、事務所が書いた、って言われるよ」

最近は、すぐにそういうことを言われる。隙《すき》は作らないほうがいい。

「直筆だろうと、まともなことを書いてたら、事務所が考えた、って言われる」

「うん、言われるね」

二人で顔をあわせて笑い合った。

「来人はまともなのに」

「そういうの、別にだれも知らなくてもいいからいいんだよ。紙とペンは？　俺、持ってない」

「あ、そうだね」

来人が持ってるわけがなかった。

琴音はいろんなものが入っているカバンから、白い用紙とペンセットを取り出す。黒が何種類かとカラフルな色ペン。台本に名前やメモを書き込んだり、サインを書いたりするときに必須だ。サインの場合は用意されていることがほとんどだけれど、それが書きにくかったらいやなので、来人のお気に入りのペンをいつも持ち歩いている。

「どのくらいの量を書けばいい？」

「あんまり長くなくていいんじゃない？　監督が戻ってきたら、一緒に会見とかしなきゃいけないだろうし。そのときまでには映画見直してよ？」

「完パケって、うちにあったっけ？」

「それも調べとく」

たくさん出ている映画やドラマの完パケの、どれをどこに保管しているのか、さすがにそこまでは覚えていない。琴音がマネージャーになる前のも膨大にあるんだし。事務所に置いたまま、ってこともある。

琴音がマネージャーになって、まだ一年にもなっていない。ずいぶん慣れた、と自分では思っているけれど、わからないこともたくさんある。

特にベルリン映画祭の主演男優賞なんて取られてしまうと、どうしていいのかよくわからない。たぶん、社長もわかってないんじゃないかと思う。

衣装部屋へ行く前に、社長に電話をかけた。待っていたのか、すぐに出る。

『どうなった！』

「本人が映画の内容をよく覚えてないので、書面でコメントを出します。監督が戻ってきたら、一緒に記者会見をしますよね？」

『わからん！　そういうのを知ってると思うか！』

社長、落ち着いて！

「ぼくだって、わからないですよ。監督やプロデューサーとは連絡が取れたんですか？」

『いや、向こうでなんかまだいろいろあるみたいで、連絡はもうちょっとあとになるらしい』

「向こうって、いま何時ですか？」

『夜中前って言ってたような。七時間の時差があるから…、まあ計算しとけ』

「いや、別にいいです。何時ぐらいなのか知りたかっただけなので」

なるほど。だから、こんな朝早くに連絡が来るんだ。

『こっちに連絡があったら、また電話するから。来人は今日は忙しいんだっけ？』

「早朝の撮影をすませてから映画の方に移動して、また夜にはこっちに戻ってきます。忙しいですね」

『そうか、わかった。スケジュール送っといてくれ』

「事務所にないんですか？」

それって、どういうこと？

『来人の件はおまえにまかせてある。スケジュール管理も全部な。俺は、ほかの役者の面倒を見るので忙しい。売れないけどがんばってるやつらに仕事を見つけなきゃならないんだ。順調な来人は、俺の手から完全に離してる』

ああ、そうか。社長って所属してる役者の仕事を取らなきゃいけないんだもんね。勝手に仕事が入ってくる来人はほっといてもいいのか。

だからといって、来人に対する愛情がないわけじゃない。受賞の連絡をしてきたとき、すごく興奮してたし嬉しそうだった。

絶対にこいつは売れる、と若い来人をスカウトしたのは社長だ。

まあ、全員、絶対にこいつは売れる、って所属させてるけど。そして、売れてるの来人しかいないけど。

でも、小劇場とかで役が途切れない人たちばかりだ。ただ、まったくお金にはならない。

演劇だけでは食べていけない。

それは、この世界の常識。

大きなミュージカルの主役ばかりやるような人ならそれだけで食べていけるけれど、そういうのはもう特定の人たちに決まってしまっているし、食い込むのはむずかしい。ミュージカル俳優を育てているわけでもないので、ミュージカルに出たければ、歌や踊りのレッスン料は自費だ。コネもないので、オーディションを受けるのも大変。

阿久津来人を出してくれるなら、と、いわゆるバーターを条件にされることはあるけれど、それは社長がきっぱり断っている。

そういうのは好きじゃない、と苦い表情を浮かべながら。

本当に商売が下手な人だなあ、と思う。

でも、だからこそ、来人はここを辞めないんだよね、とも。

ＣＭで利益を出しているから、あとは来人が好きなようにやらせてくれている。ドラマや映画の主役も、年に一本はやっている。それだけで、結構な金額になる。

それ以外は、好きな役を好きなように。たまに舞台にも出る。ものすごく小さな劇場のときは、本当に迷惑なんでやめてください、大きな舞台に出てください、と劇場側から文句を言われたこともあった。

全部チケット売って文句を言われるのなんて、来人ぐらい。でも、そのときは出待ちをする一部のファンがすごいマナーが悪くて、周りの施設から苦情が出てたぐらいだし、しょうがない。

来人はファンクラブを作っていない。ファンなんていらない、と常々公言している。ファンにサービスをする暇があったら自分を成長させるためにいろいろしたい、とも。

ファンがいなくなったら、CMの話もこないし、ドラマや映画の主役もやれないし、こっちとしては本当に困るんだけどね。年に一回、ファンミーティングみたいなのをやるだけでいいからファンクラブ作ろうよ、と事あるごとに言っても、全部無視される。ファンクラブの収入があると結構ちがうよ、と舞台畑の尊敬する役者に言われても、いいんです、って断ってたぐらいだから、本当にいやなんだろう。

でもね、舞台のチケット先行販売ぐらいはしてあげたいんだよね。ファンの人、本当に大変みたいだから。そのためだけのファンクラブはどう？　とまた今度、話を持ちかけてみよう。

まずは衣装さんのところへ行って、すみません、少し遅れます、と頭を下げた。衣装さんは急がしそうにばたばた動きながら、わかりました、と答えてくれる。

内心、遅れるんじゃないわよ、と思っていても、それは表情に出さない。

つぎは監督のもとへ。スタジオに入って、監督のところに行くと、あ、来人のマネージャー！と監督の方から呼ばれる。

そう、現場では星奈琴音なんて存在しない。すべて、来人のマネージャー。

それでいい。だって、来人を支える役割なんだから。

「はい」

「セリフの訂正、確認しておいて」

紙を渡された。来人のところだけじゃなくて、かなりの箇所《かしょ》に訂正が入っている。やっぱり、ぎりぎりの進行だとこうなるよね。

来人が疑問に思ったところも、きちんと直っていた。

これで用事は終了。あとは、来人の書いたコメントを読んで、社長に送らなきゃ。

写真にとって、データにして、送る。

これができるようになって、ものすごく楽になった。ファックスを探す必要もない。スマホがあれば直筆のファイルを送れる。

楽屋に戻ると、来人が机につっぷしていた。紙は真っ白のまま。

「来人！　早く書きなよ！」

「なああ、本人不在でも受賞できんの？　ああいうのって、いないやつにあげなくない？」

どうやら、まだ信じてないらしい。

「いる方がいいだろうけど、全員来てるわけでもなくない？　新しい映画の撮影中とかなら、抜けられないよね？」

すべての役者さんが映画祭を中心に動いているわけじゃない。アカデミー賞でも、出たくない、という理由で欠席してる人が何人かいたし、いろいろあって国外追放中だからアメリカに入れない、というびっくりするような理由で欠席していた人もいた。

その人たちはちゃんと受賞してた。

三大映画賞とはいってもアカデミー賞よりも知名度は落ちるんだから、欠席する人がいてもおかしくない。

「本人がいるから受賞させる、ってわけじゃないでしょ？　みんな、映画祭が始まってから映画を見るんだし、その中で一番心に響いたものに賞をあげると思うよ」

映画賞はそうであってほしい。

「俺、なんで行かなかったんだろ。ベルリンだぞ？」

「長い時間、飛行機に乗ってるのがやだから行かない、って言ってたよ」

「俺はバカか！」

ゴンゴン、と机に頭をぶつけてる。

「行きたかったんだ？」

「受賞するなら行きたかった。けどさ、俺、ああいう場所、ホントに好きじゃないからな。アカデミー賞も欲しいけど、レッドカーペット歩いて、各国の報道陣に質問されるのとか苦痛。ま、いいいか。行かなかったのは事実だし、賞を取ったのも事実。時間なんて巻き戻らないんだから、忘れよう」

　来人のこういったあっさりしたところはすごいと思う。

　長く引きずらない。

　いままででもっとも大きな賞を受賞したときに現地にいられなかったのは、琴音が想像している以上に悔しいだろうに。

「さ、書くか」

「うん、書いて。あと、台本の訂正表もらってきたよ。やっぱり、あのセリフちがったみたい」

「だよな。わかってた。ホンはおもしろいからいいんだけどさ、ぎりぎりだと確認ができないから困る。ま、どうにかするけど」

　さすが、五年以上、売れっ子役者をつづけているだけのことはある。

「来人」

「ん？」

来人はペンを持ちあげて、琴音を見た。

「本当におめでとう。夢がひとつ叶ったね」

「夢はアカデミー賞だってば」

「じゃあ、夢にちょっと近づいたね」

「そんなに甘くない」

来人は下書きもせずに、さらさらとペンを走らせる。頭の中にはすでに文章ができているんだろう。

「ベルリンで主演男優賞取ってハリウッドオファーがきた人なんていない。ちょっと調べたけど、一時期はもうすでに名前が知れてる俳優ばかり取ってるし、最近の人たちは、ほぼ知らない。俺が勉強不足なのもあると思うけど、無名な役者から選んでるんじゃないかな。そのあと、特に世界で活躍しているわけでもないし。俺も日本で騒がれて終わりな気がする。ま、でもさ、審査員はすごく有名な役者ばかりだから、その人たちに認められたのは嬉しい。うん、そこは本当に嬉しいな」

かみしめるように言う来人は本当に嬉しそうで、琴音も心が弾む。

よかったね。嬉しいね。

「はい、コメント」

「チェックするからね」

さすがにこれは、変なことを書かれたら困る。

『映画に出るたびに思うのは、自分一人ではけっしてできあがらない、ということです。今回の賞も、自分一人の力じゃありません。脚本があって、撮影をして、編集をして、完成する。そのために、何百人というスタッフが動いています。主演男優賞を取れたのは、監督はもちろん、その他たくさんのスタッフの方々、尊敬する共演者の方々のおかげだと思っています。日本での公開はこれからです。一人でも多くの人に見ていただけたら幸いです』

「文章のときはまともだよね」

そして、これは来人の本音。露悪的な部分は文章だとなりをひそめる。

「尊敬する共演者の方々、のあとに、尊敬しない共演者は除きます、って書きたかったけどやめた」

「うん、書いても消すし」

「だから、事務所が書いた、って言われるんだぞ」

「しょうがないよ。言ってることと書いてることが全然ちがうんだもん。じゃあ、送っとくね。もう、衣装さんのとこ行っていいよ」

「俺の出番、何時から？」

来人が立ち上がりながら聞いてきた。

「あ、進行表見るの忘れてた！　ちょっと行ってくる！」

「あ、いい、いい。俺が自分で見てくる。受賞関係で忙しくなるから、琴音は楽屋にいろ」

「ごめんね。ありがとう」

手を合わせて、ぺこっと頭を下げる。その頭を、来人が、ぐしゃり、と撫《な》でた。

「いいよ。琴音はがんばってるから、たまのポカぐらい許してやる。じゃな」

ひらひらと手を振って、来人が楽屋を出る。ドアが閉まってから、琴音はさっき来人が撫でてくれた部分に手を当てた。

「…嬉しい」

来人に撫でられると、どきどきする。撫でるのは、来人の癖《くせ》なんだけどね。そういうのもちゃんと知ってる。

でも。

「好きなんだから、しょうがない」

そう、琴音は来人に恋をしている。

もう、ずっとずっと昔から。

自分でもいつかわからないぐらい前から。

叶わない恋を。

2

琴音と来人は幼《おさな》なじみだ。母親同士が大学時代の親友で、ほぼ同時期に結婚して、ほぼ同時期に最初の子供を産んだ。どっちも男の子。

すごい偶然ね、と二人は喜んだ。初めての育児はわからないことばかりだから協力しよう、と話はまとまり、家が近いこともあって、琴音たちが幼いころはずっとどちらかの家にいるような状態だったらしい。

もちろん、その記憶はない。母親の産道を通ったことまで覚えている天才小説家でもあるまいし、赤ちゃんのときのことなどきれいさっぱり忘れてしまっている。

二年後、琴音に妹が生まれた。妹の優衣《ゆい》の出産のために母親が入院しているときは、琴音は来人の家に預《あず》かってもらっていたという。

すごいよね。いくら親友とはいえ赤の他人なのにしばらく子供を預けても安心だと思っていて、相手も喜んで（かどうかはわからないけど）預かってくれる、ってさ。

琴音と来人の母親たちはいまだにとても仲がよくて、しょっちゅう会っている。琴音を預けたことが原因で険悪な関係にならなくて本当によかった。

琴音の父親は何をしていたかというと、はるか地球の裏側に単身赴任《ふにん》していた。優衣の妊娠がわかってから、海外へ転勤の辞令が出たのだ。父親は商社に勤めているため、通常でも二、三年、長いときには五、六年も海外に行かされてしまう。

出産に立ち会うための帰国は許されていて、予定日にあわせて父親も帰るはずだったのだけれど、急なトラブルで帰国が延《の》びた。優衣が生まれてしばらくたってから帰ってきたので、いまだに優衣に恨まれている。

わたしより大事なトラブルって何よ！　と父親と喧嘩になるとかならず言い出すのだ。母親は、商社マンを選んだんだからしょうがない、と許しているのに。

とはいえ、ずっと日本にいないことを受け入れているわけでもないらしい。

亭主元気で留守がいい、って昔は言ってたらしいけど、いくらなんでも留守すぎるわよね。母親はよくそうこぼしていた。

優衣が大学に入学すると同時に、子育てはおしまい、第二の新婚生活を送るの、と母親はうきうきしながら父親の赴任先に行こうとしていた。その矢先の父親の帰国。そして、しばらくは日本に滞在予定だ。

嬉しいけど嬉しくない、と、これまたこぼしている。

来年、聞いたこともないヨーロッパの小国に赴任が決まって、母親はがぜん元気になった。ようやく第二の新婚生活ができる、とはりきっていまから準備をしている。

来人の方は一人っ子。なので、琴音が兄弟がわりみたいなものだ。同い年なのに、来人の方がお兄ちゃんっぽい。来人がしっかりしているのと、琴音がぼんやりしているの、それがあわさって、小さいころはものすごく月齢《げつれい》が離れているように見られていた。来人の方が年上（というか月上？）だけど、誕生日は一月《ひとつき》も変わらないのに。

幼稚園ぐらいのことになると、さすがにいろいろ覚えている。毎日、一緒に幼稚園に通って、帰ってからもどっちかの家で遊んでいた。

ライト、という発音がむずかしくて、らいろくん、って呼んでいたことを、いまでもからかわれる。

あのときの琴音、かわいかったよな、とにやにやしながら。

小学校、中学校まではおんなじで、高校は別々。

それには理由がある。来人がいまの事務所にスカウトされたのが中学のときで、芸能活動ができる高校という条件を優先したせいだ。

スカウトといっても、街を歩いていて、お、きみ、かっこいいね、とかじゃない。そんなスカウト、うちの社長はしない。

琴音たちが住んでいるところでは、二年に一度、街をあげての演劇祭がある。どういうグループでもいい。何人でもいい。内容はなんでもいい。市民ホールを借りて、週末の二日、朝から晩まで演劇を上演する。

条件はただひとつ。

グループの全員が街の住民であるということ。

こういう演劇祭を開催すると、タダで参加できてたくさんの人に見てもらえる、と演劇グループがあちこちからやってくる。一時期は、そういうグループばかりが出ていたらしい。

街になんのゆかりもない人たちのために市民ホールを借りるお金を出すのはおかしい、とだれかが言い出して、住民であることを参加条件にした。

人は演じたい欲望があるのか、結構、みんな楽しみにしているし、毎回、抽選で結構な数が落ちるぐらいは参加希望のグループがある。

その演劇祭に中学生の来人が出たのだ。

来人が演じてるのなんて見たことないし、楽しみだな。

そんな軽い気持ちで見に行ったら、ものすごく衝撃を受けた。内容はよく覚えていない。オリジナルである必要はないから、どこもだいたい既存の演劇をやる。来人がやったのは、なんだったんだろう。

セリフは一言もなかった。ただ、表情と身振り手振りだけですべてを伝えていた。

それでも、いま、そこにいる来人じゃないだれか（どうしても来人とは思えなかった。そのぐらい、役になりきっていた）が、何を感じ、何を思い、何をしようとしているのか、すべてがわかった。

あの瞬間、市民ホールにいた人は来人しか見ていなかったと思う。

終わった瞬間、割れんばかりの拍手が起こった。それが来人に対してだということは、だれもがわかっていた。

その場に社長がいたのだ。

へえ、演劇か、見てみよう。

そんな軽い気持ちで入ったら（見るのはタダで、別に市民じゃなくてもいい）、とんでもない宝を掘り当てた、と、いまでもよく言っている。

社長は、その場で来人に声をかけた。

うちの事務所に入って役者にならないか、と。

俺の意思だけじゃその返事はできないから、まずは親に話してください。

来人はそう答えた。でも、その顔は、役者になりたい、と告げているように見えた。来人は自分のやりたいことを見つけたのだ。

そのまま、来人は社長と連れだって家に帰ってしまったので、琴音はあのときの感動を来人に言えないままでいる。

時間がたてばたつほど、あの瞬間に感じたことをうまく言葉にできないような気がして。

その後、社長と来人の両親との間で、どういう話し合いがおこなわれたのかはわからないけれど、来人は中学を卒業すると同時に事務所に所属することになった。

来人の父親は写真家で、かなり有名な人だ。写真一本で食べている。来人の母親は絵本作家。

こっちは、それだけで食べることはできないらしいけど、本屋さんに行けば彼女の本が何冊も置いてある。とても人気のあるシリーズも出している。それでも食べられないとは、絵本作家は大変な職業だな、と思った。もしかしたら、これで食べられるわけがないでしょ、と来人の母親が謙遜《けんそん》してるだけかもしれないけど。

そんな一家だから、来人が、役者になりたい、と告げたときも、好きにしていい、とあっさり認めてくれた。

そんなに簡単に役者になれるわけがないから、ある程度、援助はする。苦労は買ってでもしろ、とは思わない。むしろ、苦労なんてしない方がいい。特に、金銭面でいきづまると何もかもがいやになるからな、とまで言ってくれたという。

そんな心配はまったく無用だった。いまは阿久津家で来人が一番稼いでいる。

話し合いが終わってすぐに、来人は琴音に会いにきた。そして、どういうことになったのかを話してくれたのだ。

来人は隠しごとをしない。琴音になんでも教えてくれる。

役者さんになりたいの？

琴音はそう聞いた。

うん、なりたい。演劇祭に出て、あ、俺がやりたいのこれだ、ってわかったんだ。俺じゃないだれかになりたい。それも、何人も何人も。それって、役者だろ？

そうだね。役者さんだね。来人は、じゃあ、役者さんになるんだね。

来人の演劇、すごくよかったよ。才能あると思うよ。鳥肌が立ったもん。

そうつづけたかった。でも、どうしても言えなかった。

いまなら、なぜかわかる。

もし来人が本当に役者さんになってしまったら、自分たちの道は完全に分かれてしまう。琴音は普通に大学に行って、普通に就職する。だって、来人のようなやりたいことがないから。それだったら、大学には行った方がいい。父親が商社勤務だから、あんなふうに海外を飛び回るのはいやだな、日本にずっといられる会社にしよう、ぐらいの希望はあるけれど、それ以外は特にない。

当たり前だ。まだ中学生なんだから。大半の中学生は、確固とした将来の夢なんてないと思う。

来人にはあった。それが役者さん。

事務所に所属して、オーディションを受けて、仕事がきたらやる。

そこまで、もう決めていた。だったら、芸能活動を許してくれるところじゃないと進学できない。

琴音は大学進学を見据えて、地元の進学校に進むと決めていた。そこは当然、芸能活動なんて許されない。

これまでともに歩んできたのに、高校で道が分かれてしまう。そして、そのまま交わらないかもしれない。

そのころ、すでに来人への好意はあったのだろう。あまりにもそばにいすぎて、ちゃんとした形では見えてなかったけれど。

離れるのはいやだ、と思った。

来人のいない高校生活なんていやだ、と。

それは恋の発芽のようなもの。

それでも、いいんじゃない、と言った。

来人、きっといい役者さんになるよ、とも。

ああ、来人と一緒にいられなくなるんだな。

そのことに、ものすごく悲しくなりながら笑顔をつくった。

けれど、実際に高校が分かれても、来人との関係は変わらなかった。そもそも、そんなに大きな事務所じゃないから、オーディションの話がほとんどこない。来人が入学したのは芸能活動を前提としたコースがある都内の高校で、これまでよりも通学に時間はかかるけど、部活に入るわけでもなく、新しい友達と夜中まで遊んでいることもなく、夕方すぎには帰ってくる。いつものようにどっちかの家に集まって、ごはんもどっちかの家で食べて。

家族同然のつきあい、というか、ほぼ家族みたいな感じになっているせいで、阿久津家の夕食に琴音がいても、星奈家の夕食に来人がいても、それが当然みたいな受け止め方をされている。優衣なんて、来人のことを、第一のお兄ちゃん、と呼んでいる。来人の方がほんの少し誕生日が早いだけなのに。琴音のことは、普通に、お兄ちゃん、だ。

なんだ、あんなに心配したのに。来人と疎遠《そえん》になんかならないし、きっと、これからも一緒にいられる。

そのことに安心したし、嬉しかった。

高校三年生の十八歳で鮮烈なデビューを飾り、全国に名前が知られるようになった来人はすぐに忙しくなったかというと、そういうわけでもない。

またしばらく仕事がないんだ、と、いつものように琴音とつるんでいた。

有名になった感想は？

琴音が冗談まじりに聞くと、ほっとした、と返ってきた。

役者をやっていいんだ、と言われたようで、と少し照れくさそうにつづけた。

それまで二年ちょっと、事務所に所属していながらなんの仕事ももらえなかった来人は焦《あせ》っていたらしい。

俺には才能があるのに、だれよりも役者としてうまいはずなのに、それでも仕事がもらえない。おかしい。こんなはずじゃない。

ずっと、そんな黒い気持ちが消えなかった。

こいつよりは俺のがうまい、とだれかと比べるようにまでなってしまって、そんな自分に嫌気がさしていたという。

全然知らなかった。琴音といるときの来人は、いつもと変わらなく見えていたから。

きっと、これから、たくさん仕事が入ってくるよ。応援してる。

琴音は心からそう言った。来人のドラマを見て、ああ、来人は役者さんなんだ、と実感したから。あの演劇祭で思っていたことが確信に変わった、というのだろうか。

来人の役者としての才能を見抜く人は大勢いるだろう。だから、忙しくなるに決まってる。

結果、そのとおりになった。

ずっと仕事がないことを気に病《や》んでいた来人は、オファーが殺到すると、それを全部受けた。マネージャーがいなかったのも災《わざわ》いして、詰め込めるだけ詰め込んだ。

あのときは本当に申し訳なかった、と社長がいまだに言うぐらいだ。

ただし、役者の仕事なんて、明日から来てください、なんてことにはならない。直近のドラマはすでに出演者が決まっている。早いもので半年後、遅いと一年半後のオファーだった。

だから、来人もなんとなくできる気がしたらしい。日程的に余裕があるとかんちがいしてしまった。

特に忙しかった二年目なんて、自分がいまなんのドラマに出ていて、どの役をやっているのかもわからなかった。週に何本のドラマに出ているのかも。映画も並行して出ていたから、とんでもない過密スケジュールだ。だから、社長に電話して、海に行きます、と言った。それほど追いつめられていた。

そもそも、十八歳の子がそんなに大量のオファーをスケジューリングできるわけがないのだ。来人は芸能界というものを知らない。下積みもない。

最初のドラマで売れっ子になった、芸能界に対する知識がゼロの子が、どれだけスケジュールを入れたらパンクするのか理解できなくても当たり前。

その後、来人についたマネージャーさんは、そのスケジュールをどうにか整理してくれた。それだけでも数ヶ月かかったという。ずらせるものはずらして、引き受けた仕事は絶対に断りたくない、と来人が言うから、一日に何本もあるドラマのスケジュールをうまく組んで。

俺、あのマネージャーさんに一生頭があがらない。

来人はよくそう言っている。ドラマや映画のロケで地方や海外に行くと、高価なお土産《みやげ》を買ってきている。

来人が多忙な時期は、まったくといっていいほど会えなかった。

琴音が起きるころにはすでに来人は出かけていて、帰ってくるのは夜中すぎ。いつ寝ているんだろう。大丈夫だろうか。

そんなこともわからない。

琴音は都内の大学に進学して、一、二年生のときはとにかく授業を詰め込んだ。バイトもできるだけ入れた。バイトをしなくてもやっていけるほどのおこづかいをもらってはいたけれど、来人に会えない、という現実に直面するのがいやで、来人とおなじぐらい忙しくしていたかった。

休日や長期休暇は全部バイト。お金の問題じゃないので、なるべく忙しいところを選んだ。立地がよくてバイトの人数が少ないファストフード店。いわゆるブラックバイトと呼ばれるようなやつだ。

シフトにかなり入れる琴音は重宝された。卒業したらうちに就職しないか、と誘われもした。

それもいいかも、と思った。

このまま来人が忙しくて会えないのなら、琴音も忙しいままでいればいい。

だけど、事態は一転する。

きちんとスケジューリングされた来人は、忙しいのは忙しいけれど、たまに琴音の家に来てごはんを食べていくこともできるようになった。

そんなときに休めない上に時間もかなり拘束《こうそく》されるバイトをしている場合じゃない。

琴音はすぐさまバイトを変えた。それまで、ものすごく機嫌よく接してくれていた店長が、辞めると言ったとたん罵倒《ばとう》してきたのは驚いたけど、へえ、そういう人なんだね、と思うだけだ。

だって、こっちはバイトなのだ。いつだって辞める権利がある。いや、正社員だったとしても、辞める権利は保障されている。法律上でも、二週間前に言えば辞められることになっているのだから。

いますぐ辞めちまえ、と言われたから、いますぐ辞めた。そのあと、何度か電話がかかってきて、おまえに辞められたら困るんだ、と猫なで声で言われたけれど、本性を見せておいて、それが通用すると思うなんて頭が悪いよね、と思うだけ。途中から着信拒否をした。

新しくバイト先に選んだのは、地元のカフェ。そこそこ混んでいて、そこそこ忙しくて、シフトもそんなに入れなくていい。夜七時には閉まるから、後片づけを入れても七時半には出られる。来人の仕事が七時前に終わることなんてないから、そこは安心だ。

バイトをまったくしない、ということは考えてなかった。だって、家にいたら、来人の帰りを待ってしまう。

今日は早いかな？　うちに来るかな？　帰ってくるところが見えるかな？

事務所が来人専用の車を用意してくれたので、行き帰りがすぐにわかるようになった。ちょうど、琴音の部屋から見える道を通って幹線道路に出入りするようになっているのだ。タクシーが通るたびに、来人かも？　と思っていたころとはちがう。

黒い普通の車（車種にうといから、なんなのかはわからない。高級車ではないと思う）だけど、ナンバーも覚えたし、なぜか見分けられる。

このころには完全に来人に恋をしていることを自覚していた。

幼なじみで親友なら、もっと来人の活躍を素直に喜べる。もちろん、来人には売れっ子でいつづけてほしい。好きなお芝居を好きなだけやっていてほしい。

それでも、会いたい、と思ってしまう。

来人に会いたい。以前みたいに、ただバカな話をして、笑い合って、気がついたら夜が明けていた、みたいな時間が欲しい。

いまの来人は忙しすぎる。あと一年ぐらい、完全にオフの日はないらしい。それも、無理なスケジューリングがたたってのこと。

でも、来人の焦る気持ちや、この仕事を断ったらつぎがないんじゃ、という不安な思いは理解できるので、がんばってね、と言うしかない。

今日は早く終わるかもしれない。

マネージャーさんがついてしばらくたったころ、少し余裕が出てきたのか、来人はそういうことを教えてくれるようになった。

だから、おばさんに、できればハンバーグがいいな、って言っといて、と夕食のリクエストまでする。それを母親に伝えると、張り切ってハンバーグを山ほど作りだす。

来人が忙しすぎてまったく顔を出さないときは、うちの息子が一人減った、と本気でがっかりしていたから、そんな要望をされると嬉しいらしい。

もちろん、仕事がのびて約束した時間に来れないときもある。というか、そういうときの方が多いかもしれない。でも、ちゃんと仕事帰りに寄って、おばさん、ハンバーグちょうだい、家で食べるから、と声をかけてくれる。

そうすると母親は、なに他人行儀なこと言ってるの、食べていきなさい、と来人を家に上げて、ちょっとしたパーティーが始まるのだ。

これが楽しい。

優衣をのぞいた全員が成人しているから、まずはビールで乾杯。ひさしぶりに日本にいる父親が、日本ってホントにいろいろなものがうまいよな、としみじみ言うまでがセット。来人がいるとぱっと場が華やいで楽しくなるから話も弾むし、みんなでずっと笑っている。来人の仕事の話はしない。もし、何か話したいことがあれば来人から言うだろう、と全員がそのあたりの話題は避けている。

興味がないわけじゃない。役者稼業について知りたいことはたくさんある。だけど、星奈家にいるときぐらいは、昔から知ってる来人、でいてほしい。その方が来人も気が楽なんじゃないだろうか。

来人はリクエストしたものをたくさん食べて、母親も追加でおつまみをいろいろ作って、日付が変わる前にお開きとなる。

来人は翌日も仕事なんだから、そこはきちんと線引きしないと。琴音たちが高校生だったころのように、気づいたら夜が明けた、なんてことになったらだめ。母親が、もう、今日は学校休めばいいじゃない、と言いだして、そうしよう、ってうなずいて、それぞれが部屋に引きあげる、そんなことはさすがにできない。

そのころは当然、お酒なんて飲んでいない。父親は海外にいて、母親と三人で（さすがに優衣は途中で寝かせる）、何をそんなに話すことがあったのだろう。

あれはとても楽しかったな、と思う。そんな思い出があることが嬉しい。

ようやく丸一日のオフの前日、来人が仕事場から、明日、どこかへ出かけよう、と誘ってくれた。そのころは来人を知らない人なんていないんじゃないか、というぐらいの売れっ子になっていたけれど、とにかく出かけたいらしい。帽子かぶって堂々と歩いてたら、結構ばれないもんだよ、とよく言っていた。たぶん、みんな気づいてるけど、性格が悪い、という話はすでに出回っていたから、それで近づかないんじゃないか、と思っている。

売れっ子で人気もあるのに、来人の実家にファンの子が訪ねてきたりはしない。一回、訪ねてこられたときにすぐさま警察を呼んで、その子の親も呼びだして、不法侵入で訴えた。たしかに、その子は来人の家の敷地に入っていたので不法侵入ではある。その証拠写真を本人が撮っているんだから、本当に頭が悪い。

警察からは示談《じだん》を勧められた。当たり前だ。ただ単にファンが実家の敷地に入ってきただけなんだから。

けれど、来人はそれを撥《は》ね除《の》けた。有能な弁護士を雇って、絶対に刑事事件にする、と言って、その子の両親やファン本人の謝罪も全部無視して、起訴《きそ》させた。裁判にはなったものの、初犯だし反省しているから、と罰金のみ。それでも有罪にはした。ネットニュースにもなった。それ以来、来人の家にはだれもやってこない。来人は戦うことで家族を守ったのだと、そのときに琴音はようやく理解した。

来人はいつだって、自分の大切なものは全力で守る。

そういうところも、とても好きだ。

自分の評判なんてどうでもいい。そのときも、おとなげない、とか、ファンが家に入ったぐらいで、とか、被害にあった来人がさんざんバッシングされたけど、まったく気にもしなかった。

俺のせいで、親が怖い思いをするなんて許せない。

ぼそりとつぶやいた、それが来人の本音。

もしかしたら、琴音のとこにも行くかもしれないし。そうなったら本気で許せない。俺の家族は、ある程度、巻き込まれるのはしょうがないとしても、琴音の家族なんて完全なるとばっちりだ。だから、これでいい。俺の評判なんて、すでに最悪だしな。

平然とした顔でそんなことを言う来人を、かっこいい、と心から思った。

まだ若いのに、そのころは成人してなかったのに、生き様《ざま》がすでにかっこいい。

おかげで、来人は実家から出ずにすんでいる。それは琴音も嬉しい。だって、近所のままだから、たまに遊びに来てくれるのだ。

そして、おやすみの日にも、どこかに行こう、と気軽に誘ってもらえる。

当然、いいよ、と答えた。

来人のオフを独り占《ひと じ》めできるなんて、ぜいたくすぎない？

来人と出かけるのが楽しみすぎて、その夜はあまり寝られなかった。遠足前の子供か、と自分でつっこんだぐらいだ。

起きたら、お昼前ごろ。お昼が約束の時間なので慌《あわ》てて準備をして、来人の家に行ったら、だれもいなそうな気配。そういえば、来人の父親の個展がヨーロッパで開かれるとかで、夫婦そろって出かけてるんだった。来人は買い物にでも出てるのだろうか。

どうせ来人はほとんど家にいないけど、たまには様子を見てやってちょうだい、と頼まれてたことをすっかり忘れていた。

だって、頼まれなくても、よく様子を見てるし。そろそろ帰ってくるかな、と窓から外を覗《のぞ》いているところなんて、だれにも知られたくない。

来人の車が通ると、安心して眠りにつく。

それが琴音の日課になってしまっていた。

来人が家に帰るのにかならず琴音の家の前を通るのは、きっと運命なんだ、なんて都合のいいことを考えながら。

昨日の夜中すぎに来人が帰ったのは知っている。コンビニに食料でも買いに行ってるんだろうか。

合鍵はおたがいに持っている。というか、おたがいの家に合鍵が何本か置いてある。今回みたいに来人の親はよく個展で海外に出かけるし、琴音のとこも父親がずっと海外赴任でいなかったので、母親に用ができると琴音たちを預けなきゃいけなくなる。そんなときは、相手の家に行く。いちいち玄関を開けるのがめんどくさいから勝手に入ってきて、とまるで自分の子供のようなあつかいを受けているのだ。

なので、いつものように合鍵を取り出し、お邪魔します、と声をかけて、しばらくリビングで待っていた。それでも、来人は帰ってこない。さすがにおかしい、と電話をかけたら、家の中で音がする。その音源をたどると、来人がベッドに潜《もぐ》り込んで眠っていた。頭からすっぽり布団《ふとん》をかぶっているし、まったく動かないので、気づかなかったのだ。

起こしかけて、やめた。疲れてるよね、もちろん。だって、この一年ほど、ほとんど休みなしに駆け抜けてきたんだもの。いいよ、いいよ、好きなだけ寝なよ。来人といられるなら、それだけでいいんだし。

まさか、夜中まで一切目を覚まさないとは思わなかった。その間に琴音は阿久津家の冷凍庫の中を探って、ごはんを勝手に食べていた。しばらく留守にするから冷蔵庫はほぼ空《から》っぽ。来人がいつでも食べられるように、とカレーやシチューなどあったためるだけで食べられるものがたくさん入っていて、それをいただいたのだ。冷凍庫の中のものを食べてもいいからね、と言われていたし。

夜中に起きた来人は、ふわー、と伸びをして、時間をたしかめて、げっ、こんなに疲れてるのに一時間しか寝てない、とがっくりと肩を落とした。疲れすぎて寝れないんだ、きっと、とつぶやく来人に、二十五時間寝てたよ、と琴音は笑いながら言う。

よかったね、疲れがとれたでしょ。

え、起こさないでそこにいてくれたんだ？

うん。どのくらい眠りつづけるのか興味があったから。

出かけようと言ってたのに。

出かけるよりもおもしろいもの見られたからいいよ。

そんな会話をして、それから朝までずっと話し込んだ。

いまやっている仕事のこと。役者としてやりたいこと。楽しいこと。苦しいこと。いやなこと。

ドラマで主演して以来、こんなにくわしく役者業について聞くのは初めてで。ずっとしゃべりつづける来人に、たまに質問をしたけれど、あとはずっと話を聞いていた。

なあ、琴音。

ん？

俺のマネージャーにならないか？

マネージャーさん、いらっしゃるでしょ。

そうじゃなくて、卒業したらうちに就職して、俺のマネージャーにならない？　俺、琴音がいないとだめだ。こうやって話せるの、琴音だけ。

その瞬間、琴音の就職先が決まってしまった。

好きな人にそんなことを言われて、だれが断れるだろう。

給料はきちんと出す。というか、たっぷり出す。俺の世話、大変だから。

にやりと笑う姿すら、かっこいい。

そのかわり、家を出て、俺と都内で二人暮らしをしてほしい。さすがに、そろそろ、この距離を通勤するのは限界なんだ。親とはまだ離れたくないし、いったん出たらめったに帰ってこられないから、と躊躇《ちゅうちょ》してたけど、オフに一日中寝るほど疲れてるならだめだ。

大学は卒業するよ？

そのときは三年生の終わりごろ。あと一年で学士号がもらえる。ずっと来人が売れている保証はない。そうなってほしいけど、未来なんてだれにもわからない。

そのときに学士号は役に立つ。新しくどこかに就職できる。

来人は資産運用さえまちがわなければ、お金に困ることはない。もうすでに、普通の人の生涯獲得金額分ぐらいは稼いでいる。ＣＭがたくさん入っているのが本当に大きい。

本人の評判が悪いのと好感度というのはあまり比例しないようで、CMのオファーはとにかくやってくる。CMではさわやかな好青年を演じているせいか、商品もよく売れているようだ。だから、CMの契約金も高いし、使いたいと思ってくれる企業が多い。

それに比べると、マネージャーはそこまで稼げない。普通よりは出す、と言われても、きっと大学新卒の初任給に毛が生えたようなものだろう。来人のスケジュールにつきあうんだから、忙しくてお金を使ってる暇がなかったとしても、もともとが少なければそんなに貯まりはしない。

学士号は琴音のセーフティネットだ。だから、手放せない。

もともとそのつもりだけど、と来人は肩をすくめた。

俺だって、こんな不安定な職業のマネージャーに、いますぐ大学を辞めてなってほしい、とは頼めない。ただ、就職活動はしないで、うちにきてほしいだけだ。

それならいいよ。なるよ。

迷いはなかった。

親友から、役者とマネージャーになって、関係が変わるかもしれない。

それは頭をよぎったけれど。

それならそれでいい。

どうせ、いつかは関係が変わるのだ。

来人がだれかを好きになったときに。

恋をして、結婚したときに。

だったら、一番近くにいる親友よりも、ビジネスライクな役者とマネージャーの方が楽な気がする。

…ううん、楽なんかじゃない。

来人がだれかに恋をしたら、琴音の胸は張り裂けそうになるだろう。

来人はいまは、役者として成長することしか考えていなくて恋なんてしている暇がない、と言っている。そして、たしかに、恋人もいない。

こんなにかっこよくて、人気があって、もてるのに、だれの誘いにも乗らない。高校からの彼女がいる、と周りには話しているらしい。

だれもいない、となると、世話を焼いてくる人たちが大勢いるから。尊敬する役者さんだと、俺も断れないし、と。

来人に恋人がいないことを喜べばいいのか、結婚するほど本気じゃないなら恋人ぐらいいてくれた方が苦しくないのか。

それすらもわからない。

でも、こうやって一番そばにいる権利をくれた。

マネージャーという、ずっと隣にいることができる職業を与えてくれた。

それでいい。

いま、来人が頼っているのは琴音だ。

来年からは朝から晩まで一緒にいて、おなじ部屋に住むことができる。

それ以上の何を望むのだろう。

琴音の恋は実らない。

だったら、これが最高峰。

ぜいたくな望みなんて抱かない。

いまのままでいい。


「ただいま」

琴音はドアを開けて、そう口にした。後ろで来人が笑っている。

「ここで、おかえり、って言われたらどうすんの?」

「通報するよね、当然」

ものすごいセキュリティの超高級マンション。分譲も賃貸もあるが、年収が億単位でないと審査すらしてもらえない。

家賃を毎月払うのがめんどくさい、との理由で、来人はここを買った。貯めるだけ貯めて使ってなかったお金を一気に放出したので、ますます働かないと、と言っているけれど、家があるなら別にいいんじゃない、と琴音なんかは思う。

それが顔に出たのか、管理費や共益費で月十万弱がとんでくんだぞ、と来人が言い出した。

月十万弱って、普通の一人暮らし向けマンションなら借りられるよね？　買ったのに、そのうえにまたそんなお金がかかるの？　超高級マンションって理解できない。

まず、エントランスに入るまでに二重のロックが設置されていて、いちいちカードキーをかざすのはいいとしても、二個目は暗証番号も入力しなければならない。めんどくさすぎる。エントランスにはかならず二人ほどコンシェルジェがいて、全住人の顔を覚えている。知らない人が入ってきたら通してくれない。

セキュリティとしては万全だけど、人件費がかなりかかってる。

マンションはかなり細かく区分けがされていて、一ブロックに四つしか部屋がない。一階と二階に二部屋ずつ。そして、二階建てなのに階段なんてものはついていない。そのまま部屋の玄関前に出られるエレベーターが完備されている。その部屋専用のエレベーター。これもまた、カードキーがないと乗れない。たかが二階にあがるだけなのに、いちいちカードキーを出してエレベーターを操作しなければならないなんて、めんどくさいって言葉じゃ生ぬるい。

だいたい、二階なのにエレベーターなんてつける必要ある？　階段作ればいいだけじゃない？　お金持ちって階段すらあがりたくないの？　忘れ物をして取りに戻るときとか、いらいらするんだけど。

エレベーターがあるために二階は管理費が高くなる。不便な上にお金をふんだくられる、とか、本当にまったく意味がわからない。

ちなみに、消防法の関係なのか非常階段はついているが、家の中からは出られても、外からは絶対に入れない。そして、非常時でもないのにドアを開けると警報が鳴って、管理会社が飛んでくる。一度、あ、エレベーターより非常階段の方が早い、と思いついて使ったら管理会社がやってきて、怒られはしなかったけど（さすがにお得意さまを怒ったりはしない）、ものすごく迷惑そうな顔をされた。だから、二度と使わない。

気楽に階段も使えないなんて、超高級マンションって本当に大変。

部屋はとにかく広い。何平米かと聞いたことはないけれど（あったとしても完全に忘れている）５ＬＤＫだ。二人暮らしで５ＬＤＫ。そんなに部屋いらないよね。おかげで、琴音はかなり広い部屋を自室としてもらっている。主寝室が来人の部屋で、ほかにドレッシングルームと映画を見る用に改築してもらったシアタールーム、残り一部屋はゲストルームにしている。

ゲストなんて来ないけどね。あまったからなんとなくそうしてみた、みたいな感じ。

リビングダイニングキッチンはとにかくバカでかい。二面がガラス窓になっているので、そこにカーテンをつけたら、それだけでとんでもない金額になった。

最初は広さに驚いて、こんなところに住んでいいんだろうか、と思ったけれど、住んでいくうちに広さには慣れてくる。玄関を開けるたびに、広大なリビングが目に入り、ひっ、と息をのんでいたのが、いまは普通だ。さすがに一年近く、おなじ光景を見ると目が慣れるもんだね。

セキュリティがしっかりしすぎているせいで部屋にたどりつくまで結構な時間を要する物件に二人で帰ってきて、おかえり、と言う人がいたら、すぐさま部屋を出て通報。

だって、そんなことができるのは、マスターキーを持っている内部犯か、どんなところにでも侵入できる某三世みたいな大泥棒に決まってる。たちうちなんてできない。

「そのために、ただいま、って言うんだ？」

「これは、ただの癖だってば」

実家だと、帰ってきたら、ただいま、って言うのが当たり前で、それが抜けてないだけ。

それに、家なんだから、だれもいなくても、ただいま、でしょ？　普通だと思うんだけど、たまにこうやってからかわれる。

「育ちがいい感じで、琴音のそういうとこ好き」

どくん、と心臓が跳ねた。

親友の、好き、なのに、変なかんちがいをしてしまいそうになる。来人はとても素直なので、好き、とか、そういうことはよく言ってくれる。

好き、きらい、楽しい、嬉しい、悲しい、怒ってる。

そういった感情もすべて顔に出る。

だから、きらいな相手にはそっけないし、尊敬できない人にはバカにした態度をとる。それが、生意気で性格が悪い、と言われる理由だ。

でも、逆に、本当に尊敬している役者さんには自分から近づいていって、大ファンです！映画、全部見てます！　と目をきらきらさせながら告げるから、その相手にはものすごく気に入られる。

来人は嘘をつかない。演技ではどれだけ嘘をつけても、実生活ではまったくつかない。なので、来人のことを気に入らない人はとことん気に入らないだろうな、というのはよくわかる。キャリアだけ積んできたような実力のない役者相手だと、それをそのまま言ったりするから。ちやほやされ慣れている彼や彼女にとっては、屈辱《くつじょく》でしかない。

嘘をつかない。媚《こ》びない。

ただ、それだけなのに、芸能界という特殊な世界では、あのクソ生意気なガキ、そのうち絶対に蹴落《けお》としてやる、と思われてしまう。

いや、芸能界だけじゃない。普通の世界だとしてもだめだ。

全員がおなじことが正しい、と思われがちな日本では、そういう人が気楽に生きていくのはなかなかにむずかしいだろう。

琴音はマネージャーだから立場がちがうとしても、来人の尻拭《しりぬぐ》いのためなら、いくらでも嘘をつくし、媚びる。うちの来人がすみません、ちょっとあまのじゃくでして、本当は思ってないことを言っちゃうんです、よくしかっておきますので、なんてことを、ものすごく申し訳なさそうな顔してぺらぺら言える。

しかりなんかしない。しかったたって、来人が耳を傾《かたむ》けるわけがないから。

その場をどうにか収めればそれでいい。

「玄関でぼーっとしてんな。早く入れ」

「来人が先に入ればいいじゃん」

そう言いながら、琴音は靴《くつ》を脱いで玄関をあがった。

「やだよ。だれかいたらどうすんだ。すぐ逃げなきゃなんねえだろ」

これは、琴音をからかっているわけじゃない。来人も来人で、静まりかえったこの広い部屋が不気味だと思ってはいるのだ。

だったら、もっと狭い部屋にすればよかったのに。どこの撮影所からも近い、幹線道路にすぐ出られる、という理由で、こんな高級地区の超高級マンションを買うとか、絶対におかしい。

それも、琴音には相談なし。

ここにしたから、と連れてこられただけ。

いいんだけどね。来人のお金なんだし、タダで住ませてもらってるんだから。いや、正確には会社から出る住宅補助費はすべて来人に渡している。それでも管理費にも満たない微々《びび》たるものだ。

全部出してもらっているわけじゃない。ちょっとは払っている。

自分でそう思いたいだけ。

琴音もそれなりにいい給料はもらっている。

来人が琴音を誘ったときに、給料はよくしてもらうから、と言ってくれたけど、どうせ、そこまでじゃないだろう、と思っていた。そしたら、なんと、月に三十万を超えていたのだ。それも手取りで。来人は個人契約だから保険料とかそういったものは自分で払わなければならないけど、琴音は会社所属なのでいろいろなものがきちんと天引きされている。その天引きの額が大きくて、そっちに目が飛び出るかと思った。

税金を払うのって大変なんだね。

来年（というか、四月からか。年度締めだから）は、また給料があがることになっている。手取りで三十五万ぐらいになるらしい。こうやって五万円ずつあがっていったら、十年後には百万近くなるけど、大丈夫なんだろうか。そんなにとんとん拍子にあがるはずもないことは、ちゃんとわかっている。

とはいえ、朝から晩まで働いて、休みもまったくといっていいほどない。それで三十五万だと、そこまで高いとはいえないんじゃないだろうか、と最近は思ってきた。

別に、給料をあげてほしい、とか、そういうことじゃなくて。これで給料が高いとすれば、ほかのマネージャーさんたちっていくらぐらいで働いているのか、それがすごく気になる。

うちの事務所にはあともう一人しかいないし、来人以外の全員を見ているから、ものすごく忙しそうだし（それでも一人でできてしまうところが弱小事務所の悲しいところだ）、いくらなのか聞いてみたいけど、さすがにお金のことを気軽には聞けない。琴音の方が高かったらどうしよう、という不安もある。

まさか、そんなはずはない、と信じたいから、知らないままにしておく。

「ぼくを犠牲にして、自分一人で逃げるわけ？　ひどくない？」

「大丈夫だ」

来人は、うんうん、とうなずいた。

「葬式は大々的にやってやる」

「死ぬことを前提にしないで！　助けるのが親友の役割でしょ！」

マンションの外に出たら、役者とマネージャー。いったんマンションに入れば、幼なじみの親友。

そうしよう、と話し合ったわけじゃない。でも、自然にそういうふうになっている。

それが嬉しい。

仕事のときはマネージャーなので、仕事に対する不満も聞くし、あまりにもわがままが過ぎたら怒るし、雑用はすべてやるし、来人の方が立場が上なのもきちんとわかっているし、それを尊重する。出すぎず、引っ込みすぎず、来人が仕事をやりやすい環境を作る。

それをぶちこわすのが本人だったりするけどね。まあ、それもしょうがない。いやなものはいやだ、と我《が》を通すときは、来人の味方をすることにしている。だって、マネージャーだもん。来人の一番の理解者で絶対の味方でいないと。

いったん家に戻ると、これまでとまったく変わらない。バカな話をして、笑い合って、たまに喧嘩をして。幼いころからの空気のまま。来人は家でまで仕事モードじゃないし、セリフを覚えたりとかは部屋にこもってやる。そこは、琴音の踏みこめない領域。寂《さび》しい、という気持ちも正直あるけれど、アドバイスくれ、とか言われても困る。だって、琴音はただ来人の役者姿を、かっこいい、と思いながら見てるだけだから。

「いやー、さすがにさ、二人とも殺されるのは割りに合わないじゃん？　だから、俺は琴音の死を乗り越えて、将来、アカデミー賞を取って、スピーチで琴音への感謝を述べるから、それを天国から聞いててくれ」

「やだよ！　ぼくもさっさと逃げる！　足はぼくのが速いからね」

スポーツが得意そうにはまったく見えない、インドア派でしょ、とよく言われるが、琴音は実は運動全般が得意。来人も運動が苦手ではないけど、リレーのアンカーはかならず琴音だった。運動会で活躍すると、え、あのひょろそうな子が？　と周りに驚かれるので、かなり楽しかった。

「そこは、俺の才能を見込んで、おまえが犠牲になれ」

「いやだってば。だいたい、ここに入ってくる人なんて来人が目的なんだからね。来人が勝手に殺されなよ」

「俺が殺されたらニュースになるぞ」

「だれが殺されてもニュースになるよ」

殺人事件なんてめったに起こらないんだから。毎日何十人って殺される、危険な国でもないんだし。

「まあ、いいや。だれもいないみたいだから、さっさと入れ。俺は心底疲れた…」

来人が、はあ、と大きなため息をついた。

「あ、そうだね」

琴音は廊下を通って、リビングへ向かう。センサーで勝手に電気がつくので、何もしなくていい。

これは本当に楽。

「何か食べる？」

撮影がつづくとお弁当ばかりになって、さすがに飽《あ》きる。毎日、一応、業者を変えてはくれるものの、味に大差はない。どこも、そこそこおいしい。でも、お弁当だから味つけが濃くて、冷えてる。あったかいものが食べたいときは自分で買ってくるしかない。ただし、そうすると、用意してくれたお弁当に不満があるように思われるし、その買ってる時間がもったいないと思ってしまう。

だって、お弁当はそこにある。それに、空き時間にささっと食べられるのはありがたい。

だけど、飽きちゃうんだよね。人間って贅沢《ぜいたく》。

「お茶漬け」

「お茶漬けね」

やっぱり、あったかいものが食べたいよね。外は寒いし。

「乾杯でもする?」

「いや、もういいや。なんか、祝われ飽きた」

そう、半信半疑だった主演男優賞をお祝いする連絡が、あのあと、ひっきりなしにかかってきた。

もちろん、琴音のスマホに。

さすがに対応しきれなくて、留守番電話にしておいた。それでも、かかりつづけるから、音を消して。電池がとんでもない勢いで消耗していくので、ずっと充電器につないでいた。

監督と話したい。

その来人の希望がなかったら、電源を落としているところだ。

無事に監督と連絡がとれて、ほっと一安心。電話の向こうで監督は号泣《ごうきゅう》していた。来人のおかげだ、ありがとう、これで映画を撮りつづけることができる、つぎのスポンサーがついたんだ、できればまた出てほしい、と一気に言われて、いつでも出ますよ、こっちこそ、現地に行けなくてすみません、監督がかわりに受け取ってくれたんですよね、と来人が謝って。

そう、監督が来人のかわりにトロフィーを受け取っているところがどのニュースサイトにも載っていた。がんばって英語でスピーチをしたらしい。

そして、それを受けての、阿久津来人、またもやわがまま！　現地に行きたくないとごねて、受賞した瞬間を逃す、といった趣旨の記事が何本も出た。

まあね、普通は行くからね。そう言われてもしょうがないよね。このところ、映画賞にはほぼ出向いてないし、レッドカーペットでの質問もＮＧだから、ここぞとばかりにたたくよね。

暇だね、みんな！

こういうことには慣れっこになっていて、別にどうとも思わない。お仕事お疲れさまです、アクセス数はありますか？　みたいな気分だ。

ドラマと映画、両方の現場で急遽《きゅうきょ》、みんながお祝いをしてくれて、さすがの来人も、ありがとうございます、これからも精進します、みたいなスピーチをして、個別に楽屋に訪ねてくる人も絶えなくて。

祝われ飽きる気持ちもわかる。特に、尊敬している役者さんだと無碍《むげ》にできず、そのうえ、よかったな、本当によかった、おまえが取るべき賞をたくさん取れるといい、と心からお祝いしてくれるものだから、来人も感激して涙ぐんだりして。

今日はとても感情が忙しかったんじゃないかな。

「じゃあ、お茶漬け食べて寝よう」

食べてすぐ寝るのは体に悪い、とか言っていられない。明日もまた、朝六時に集合だ。

人気脚本家め！

映画の撮影は明日はないので、スタジオを移動しなくていいのだけが救いだ。

移動のときの運転は、当然、琴音。マネージャーになってほしい、と頼まれて引き受けると、免許が必須、と即座に言われた。琴音が断るなんて思ってなかったにちがいない。だから、マネージャーの条件をきちんと覚えていたのだ。

事務所と交渉してくれて教習所代を出してくれたのは、ものすごく助かった。

親には、免許取るなら合宿が楽よ、と勧められた。もともと、親は免許を取らせてくれるつもりだったものの、大学に入って最初の二年はバイトばかりしていたし、来人が少し時間に余裕ができると来人が遊びに来るのを待ってしまうから教習所にいつ行ったらいいかわからないし、で無理だった。

まあ、無理っていうか、取ろうとしなかった、というか。

それが、いざマネージャーには免許が必要となると、さっさと教習所を決めて、空き時間に足繁《あししげ》く通うんだから、人って単純だよね。

合宿はもちろん却下。そんなに長く家を離れて、来人が遊びに来たときの夜のパーティーに参加できなかったら悔やんでも悔やみきれない。前みたいにいつでも会えるわけじゃないんだし、部屋の窓から、あ、来人の車が帰ってきた、と見るだけで満足している日々なんだから、会えるときは絶対に会いたい。

…なんか、車が帰ってくるまで見張ってるとかストーカーみたい。

恋をしているだけなんだけどね。それが言い訳になるかどうかは怪《あや》しい。

でも、来人が帰ってくるのを見届けないと、安心して眠れない。

それが、いまはずっと一緒にいて、来人が何をしているかも知っていて、どこにいるのかも把握している。

マネージャーだから当たり前だけど、それでも嬉しい。

来人の一番近くにいられる。

「はい、お茶漬け」

お茶漬けは、もちろん、インスタント。それをふりかけてお湯を注ぐだけ。簡単でおいしいって最強だよね。

琴音は帰る前ぐらいにお弁当を食べたので、もう何もいらない。

「サンキュ」

来人がお茶漬けをさらさらとかき込む。その姿すら、まるで映画のワンシーンのようだ。

来人は所作《しょさ》がきれい。それは、きちんと努力して身につけたことだから、本当にすごいと思う。

自分がどうすればきれいに映るのか、そういうのをちゃんと研究している。きれいに見える姿がわかっているから、崩《くず》して汚く見せることもできる。逆はできない。汚い動作をいったん身につけてしまうと、そこからきれいに変化するまではかなり時間がかかるという。

「なあ、俺さ、いい役者だと思う?」

来人はさっと食べて、自分で流しに持っていく。その途中で、琴音に聞いた。

「うん、思うよ」

来人は自分に絶対の自信があるけれど、だからといって、落ち込んだり、できないかもって悩んだり、俺はだめなんじゃないか、って不安になったりしないわけじゃない。

その両方の感情は両立する。

自信はある。それでも、不安。

だったら、その不安をできるだけ取り除いてあげたい。

「来人、おめでとう。これで、来人の新しい章が幕を開けたね。これから、もっともっと大変な役が回ってくるよ。それを楽しみにしてればいいんじゃない?」

だれとも比べられないような役者になりたい。

それが、来人の望み。

だれだれ二世、とか、だれだれみたい、とか、そういうことを言われない、阿久津来人という個性を磨《みが》いていきたい、といつも言っている。

かっこいいから、出しとけば売れるから、でもらうオファーよりも、阿久津来人にやらせてみたい、というオファーを喜ぶ。役者さんならだれでもそうなのかもしれない。

明日から、また新たな依頼が殺到するんだろうな。もともとパンクぎみなのに、それでも、来人は全部の依頼に目を通して、これならやってみたい、と思うものを引き受けてしまう。

来人の仕事を決めるのは、来人自身。ギャラの交渉《こうしょう》をするのは社長。スケジュール調整をするのが琴音。

完全分業で、いまのところはどうにかなっている。

休みとかないけどね！

「ありがとう。すごいむずかしい役は、いまはちょっと時間がとれないからこないでほしいんだけど」

「そんなこと言って、実際にオファーされたら引き受けるくせに」

そして、部屋にこもりっぱなしになる。その役とだけ向き合う。

そういうストイックなところは、すごくすごく尊敬している。

「琴音のおかげだよ」

「何が？」

急にどうしたの？

「俺が仕事をしやすいように、毎日がんばってくれてる。俺、ちゃんと知ってるよ。琴音が俺の尻拭いをしてるの。ありがとう」

「それが仕事だから。お給料もらってるんだし」

こうやって真面目に言われてしまうと、照れくさい。

「本当にありがとうな」

来人が琴音のところにやってきた。ぺこり、と頭を下げられる。

「いいえ、どういたしまして」

ここで謙遜はしない。だって、本当にきちんと仕事をしているんだし。感謝されたら、やっぱり嬉しい。

「琴音がマネージャーでよかった」

来人の手が伸びてきた。頬《ほお》でも撫でられるんだろうか。来人の癖みたいなもので、どこかを撫でるのが好きなんだよね。

でも、ちがった。ぐいっ、とあごを持ちあげられる。

え？　と驚いている間に、来人の顔が近づいてきて、唇が重なった。

え？　え？　え？

「おやすみ」

来人はなにごともなかったかのように唇を離して、ひらひら、と手を振る。
「お…やす…み…」
ねえ、寝れると思う？
それは心の中にしまった。
ただ、わかってることがひとつだけある。
今夜は眠れない。

3

「どうして…」

ベッドに横になって、琴音はぽつんとつぶやいた。さっきのキスの感触はまったく覚えてないというのに、キスをされたという記憶だけは残っている。

来人とキスをするのは、実は初めてじゃない。でも、こんなふうになんでもないときにしたのは初めて。

「どうして…」

その言葉しか出てこなくて、さっきからおなじ問いかけを繰り返している。

お芝居の練習じゃないんだよ？　明日、キスシーンがあるわけでもないんだよ？

それなのに、どうしてキスしたの？

主演男優賞の喜びのあまり？

ちがうよね。だって、感極まったからといってキスするような性格でもないし。そもそも、キスは好きな人とするものだ。

お芝居の中では数限りなくやっているけど、それは、役としてその相手に好意を持っているからで。

来人が琴音を好きでいてくれるのは知っている。

ただ、それは幼なじみで親友としての好き。

恋じゃない。

もし、恋をしていたとしたら、あんなこと頼んでこない。

来人とキスをしたのは、演技のため。

そう、あれはもう五年近くも前のこと。


「なあ、俺さ、キスしたことがないから、どうすればかっこよく見えるのかわからないんだよ」

ある日、来人が琴音の部屋に来て、そう告げた。唐突なその言葉に、受験を終えて、ただのんびりしていた琴音はとまどう。

「だから、琴音に協力してほしい」

「は?」

琴音は驚いて、来人をまじまじと見た。

「いろんなキスをしてみるから、その様子を撮らせてくれ。それを見て研究する」

最初の主演ドラマではキスシーンはなかった。そもそも、恋愛ドラマでもなかった。

そして、あっという間に売れっ子になった来人には、キスシーンがたくさんあるドラマのオファーがあった。

当たり前だ。

来人にキスシーンやラブシーンをやらせたら、絶対にかっこいい。

だれだって、そう思うに決まってる。

来人は、結構、遊んできたんですよ、とうそぶいたらしい。だから、キスシーンなんて平気です、と。

「なんで、また」

素直に、したことがない、と言えば、まだ周囲は温かく見守ってくれたのに。

「見栄を張ったんだ」

来人は肩をすくめる。

「だって、恋愛経験の有無ぐらいでマウント取られたくないし。キスしたことなくてもキスシーンぐらいできる。そう思ってた。けどさ、全然、思い浮かばないんだよ。どうやってキスすれば、この役の心情にあうのか。おずおずとなのか、がばっと大胆《だいたん》になのか、震えながらなのか、慣れてるふうになのか。そもそも、どうやってキスすればそう見えるのかも、まったくわからない。いくら一人で練習しても、相手がいないと実際にどんな感じなのかもつかめない。だから、協力してくれ」

幼なじみの親友に頭まで下げられたら、断ることなんてできなかった。

ううん、ちがう。

断るつもりなんてなかった。

だって、琴音が断ったら、来人はだれか別の人のところに行く。いざ本番ってなったときに、え？　そのキスシーンは何？　と思われるぐらいなら、だれでもいいから練習するだろう。

そんなのいやだ。

たとえ演技の練習だとしても、来人の初めてのキスの相手になりたかったし、琴音の初めてのキスの相手になってほしかった。

「ぼくもキスなんてしたことないよ？」

琴音はどきどきしながら、そう告げる。

もしそれで、だったら悪いからいいや、って言われたらどうしよう。でも、慣れてるふりなんてできない。ちゃんと琴音の初めてのキスだって知ってから、キスしてほしい。

「だろうな。おまえ、彼女いたことないじゃん」

にやりと笑う来人は、本当にかっこよくて。

この人は役者なんだ、と改めて思う。

自分がどういうときにどういう表情をすればいいのか、よくわかっている。

「来人だっていないから、こんなことになってるんだよ。かわいい女の子じゃなくて、ただ近所に住んでる幼なじみの、それも男相手に、キスさせてくれ、って頼むなんてさ。せっかくかっこよく生まれついて役者としても認められて人気も出たのに、ぼくとおんなじなんてね」

憎まれ口をたたいてから、はっと気づいてももう遅い。これで来人が気分を害して、じゃあ、いいよ、かわいい女の子にさせてもらう、って言ったらどうしたらいいんだろう。

来人とは仲がよすぎて、ときどき、軽口をたたきあっているうちに本格的に喧嘩になることがある。そのときは、おたがいに、あいつが悪い、と思ってるから謝らないし、しばらく会わなくもなる。中学までは、それでも学校に行けばおなじクラスにいたし、なんとなくどうでもいい会話をしているうちにいつもみたいにしゃべれるようになって、昨日は悪かった、うん、ぼくもごめん、と謝り合って、終わっていたけれど。

高校みたいに学校がちがうと、それもできない。

あら、喧嘩？　最近、来人を見かけないわね。

親にそう言われてしまうぐらい、普段は一緒にいる。

喧嘩を終わらせるのは、我慢できなくなった方。しゃべりたい、もうこれ以上、意地を張ってもしょうがない。

そう思ったら、相手の家に行って、すみません、夕食をごちそうになりにきました！　って声をかける。

あらあらあらあら。

親だって事情はわかってるから快《こころよ》く出迎えてくれるし、喧嘩を長引かせるつもりなんておたがいにないから、おう、食ってけ、あ、食べてきなよ、と声をかけあって。

いつもの自分たちに戻る。

喧嘩をしたことがないわけじゃなくて。

喧嘩をして、数限りなく仲直りしてきた。

それが、幼なじみで親友の特権だと思う。家が近いから、会いたければ会いに行ける。そして、本気で絶交してやろう、なんて思ったこともない。

来人はどう思っているかわからないけど、少なくとも琴音はない。

だから、喧嘩になってもいいんだけど、この話題で喧嘩をすると、来人はほかの人のところに行ってしまう。

それはいやだ。

「そうだよな」

来人は、うんうん、とうなずいた。

あ、よかった。口調からして、特に気にしてないみたい。

「顔面の差があっても、人気の差があっても、俺とおまえは一緒なんだ」

「顔面に差なんて、そんなにないよっ！」

来人ほどかっこよくなくても、そんなにひどい顔でもない。普通だよ、普通。むしろ、かわいい、って言われるよ。

言われたくなくてもね！

「まあな。俺はかっこよくて、おまえはかわいいもんな」

来人にまで言われた。

「まったくちがった系統だから、顔面で勝負はできないか。人気は圧倒的に俺だけど」

「そもそも、ぼく、人気が出るような職業についてないし」

これから大学に行くんだよ。就職するのはその後。役者には絶対にならない。父親のように、堅実な会社に勤めたい。ただし、海外勤務はなしで。

だって、来人に会えなくなるのは絶対にいやだ。

「じゃあ、圧倒的に人気がある俺からお願いする。キスシーンの練習をさせろ。俺の人気がなくなってもいいのか」

正直に答えてしまえば、別にかまわない。むしろ、人気なんてなくなってくれた方が安心する。

人気があるってことは、当然、もてるわけだし、高校を卒業して役者に専念してしまうと、新しく出会う人の数も桁《けた》違いになる。その中に、来人の運命の相手がいないともかぎらない。

ずっとずっと好きで。この想いが叶うことがないと知ってはいても。

役者としてブレイクしたとたん彼女ができるなんていう、あまりにもありふれた光景を見るのはいやだ。

もうしばらくは、一番近くにいたい。

来人に彼女ができたら、その地位は奪われてしまう。親友よりも彼女の方が大事なのは当たり前。それも、初めての彼女だ。きっと浮かれて、のろけ話をしてくるだろう。

うわ、地獄…。そうしたら、留学でもしようかな。

まだそんなこと起こってもないのに、想像だけで落ち込む。

「キスシーンの練習したら、人気はなくならないの？」

「うまくできたら、な」

来人が真剣な表情を浮かべた。

「ドラマ見てるときってさ、だれかに感情移入はしてるわけじゃん？」

「そうかな？　うん、そうかも」

この人を応援したい、とか、がんばれ、とか、この二人にはくっついてほしい、とか、こいつ、実は悪いやつなんだからだまされるな、とか、そういうことは思っている。これは、たしかに感情移入だ。

「感情移入とか共感できないドラマは、つまんない、って見なくなるわけだしさ」

なるほど。つまんない、ってそういうことか。

「あとは、だれの気持ちもわからないけど、とにかく脚本がすごい、先が気になりすぎる、とかなら見つづけるだろうけど。さすがに、そこまでのドラマって何年かに一本あるぐらいのレベルだと思うから」

ふんふん。

こういうのを聞いていると、来人は本気で役者になりたくて、いろんなドラマを研究して分析しているのがわかる。

琴音なんて、おもしろい、か、つまんない、か、まあ見てもいいか、ぐらいで、ドラマについてそんなに真剣に考えたことがない。

「でさ、俺がつぎに出るドラマは、完全に俺の人気をあてにしてるわけ。主役じゃないけど、結構出てる」

「え、主役じゃないんだ？」

「つぎに主役やるの、一年半後とかかな。いまオファー来てるのって、その時期ぐらい。直近で撮影があるのは、ドラマにしろ映画にしろ、ちょっと顔見せとけ、みたいなのが多い。それだとねじ込めるんだと思う。普通は、つぎの主役のために、って断るみたいだけど、俺、ひとつでも多く現場を踏んどきたいんだ。だから、どんな役でも引き受けてください、って社長には頼んである」

わ、本当に真面目。

「主役じゃないやつで初めてのキスシーンって、普通はしないらしいんだけど、どうでもいいんだ、俺はそういうの。とにかく、演じたいから。で、つぎに出るのが遊び人のホストってい う、客ならだれにでもキスして回る役で。ま、実際のキスシーンはそんなにないんだけど」

だれにでもキスする。

それを聞いた瞬間、ずきん、と胸が痛んだ。

そうか、そういう役も回ってくるのか。十八歳すぎてるし、なんの問題もないもんね。

そして、自分は、だれにでもキスする来人を見なきゃいけないんだ。テレビ画面を通してだとしても、女性に気軽にキスをしてる来人を。

琴音は来人の恋人じゃないけれど、役者さんの彼女だったり奥さんだったりする人は、そういった感情をどう処理してるんだろう。

もう慣れたわ。お仕事だし。

そうやって割り切れるものなんだろうか。

琴音は嫉妬《しっと》することすら許されない。いいじゃん、キスがいっぱいできて、と笑ってひやかさなきゃならない。

親友って、そういう立場だから。

つらいよね。でも、しょうがない。

来人の恋人になれるわけじゃないんだから。

「で、客の一人に本気で恋をして、それを打ち明けるんだけど、人気ホストだから信じてもらえなくてさ。冗談でしょ、そうやってイロコイ持ちかけてるだけよね、って。あ、イロコイってイロコイ営業ってのがあるんだってさ。客としてじゃなくておまえを本気で好きになったんだ！　ってだまして、恋人のふりをして、おまえにしか頼めない、って暇な日に来てもらって大金を使わせる…とかだったかな？　ま、とにかく、好きでもないのに好きなふり、恋人のふり、本命の彼女のふり、みたいなやつ」

「へー」

ホストってそんなことまでするんだ。勝手に女の人たちが好きになって、シャンパンタワー作ってるイメージなのに。

「向こうも慣れてるから、イロコイかけるほど売上ないの？　とか言われて、おまえに本気だってわからせてやる、ってキスで心を溶かすって話なんだけどさ。陳腐《ちんぷ》だよな」

待って！　最後ひどいから！

琴音は思わず噴き出してしまって、しばらく笑いがとまらなくなる。

「だってさ、キスで心を溶かす、とか、本当にあると思うか？」

「それは、キスしたことのないぼくらにはわからないよ。あるのかもよ？　そういう経験があるから、脚本に入れたんじゃないの？」

知らないけど。

「そうなんだよな。だから、これって陳腐ですね、とも言えなくて。それまでの客とのキスは本気と見せかけた適当なもので、本命の子にだけはすっごい本気のキスをする、ってことだろ？　それをさ、俺は演技で見せなきゃならないんだよ。それなのにキスの経験はない。完全に詰んでる」

　そう言われるとたしかに。

「だから、俺は恥を忍んで、おまえに頼みにきたんだ。キスさせろ！」

「それ、頼んでる態度じゃない！」

　なんで命令されるの！

「まあ、いいじゃないか。こうやって頭を下げてるんだから」

「完全にぼくの顔を見下ろしてるよね。ちょっと背が高いからって、いばっちゃってさ。ちゃんと頼んで？」

　琴音は腕を組んだ。これは自分を守るため。なんとなく、そうすると安心する。

　来人とキスをしたい。

　それを悟《さと》られたらだめ。

　親友のためにしょうがなくやってあげる。

　そのスタンスを崩さないように、自分の心をしっかりガードしておかないと。

「頼む」

　来人がぺこりと頭を下げた。

「琴音しかいないんだ。こういうことを頼むの、本当に申し訳ないし、琴音は役者になりたいわけじゃないから、ただキスのされ損だけどさ。俺がオスカー俳優になったら、キスの練習をさせてあげた、って暴露していいぞ」

オスカー俳優になりたい。

それは、役者を目指してからずっと来人の夢。そして、それが叶うと信じてるし、叶えるための努力をしている。

そういうところ、来人はぶれない。意思も強い。

かっこいいな、って思う。

だってさ、普通は、オスカー俳優になりたい、って思っても公言しないよね。日本人男性でオスカー俳優になった人はいないんだし。女性はいたみたいだけど。

なりたい、って言っても、無理だろ、って返される。

それが当たり前。

でも、来人はめげない。高校生になってから、英会話教室に通い始めた。マンツーマンで教えてくれるところ。

まずは英語から。英語がわからないとハリウッドを目指せない。

それも周りには言っていない。琴音も、来人がいまどのくらい英語を話せるのかは知らない。

三年間、みっちり通っていたから、結構いけるんじゃないかな。

ちょっとしゃべってみて、と言ったこともあるけど、やだ、と断られた。

「オスカー俳優になるのって何年後？」

「何十年後かも。俺、年をとればとるほど味のある役者になると思うんだ。若くてオスカー取ってるのなんて、そんなに…いや、いるな。結構いるな。三十ぐらいならごろごろとだな。だったら、あと十年後ぐらいにはオスカーにノミネートされて、落選して、おや、残念、でも、おめでとう、って受賞したやつに拍手送るぐらいはしてないと…」

「え、最初は落ちるの？」

ノミネート、即受賞を狙っているかと思ったのに。

「最初のノミネートで受賞すると一発屋っぽくないか？　何度も何度もノミネートされてると、演技派って呼ばれるだろ。俺、演技派がいい」

「演技派って呼ばれるけど受賞できないのと、一発屋だけど受賞できるの、どっちがいい？」

オスカー俳優の肩書があれば、しばらくはたくさんの声がかかる。ノミネートどまりだと、そこまででもないらしい。

来人が役者を目指すようになって、琴音もドラマや映画に詳しくなった。だって、好きな人が目指す世界がどんなものか知りたい。

「そのどっちかだと受賞したいな。やっぱさ、オスカー俳優って呼ばれたいもん、俺」

「じゃあ、最初から狙いにいきなよ。おや、残念、はさ、二回目にやってもいいわけでしょ？」

「琴音！」

　来人が琴音の肩をぐっとつかむ。

「おまえ、天才！」

「そう？　まあ、そうかもね」

　何が天才かわからないけど、とりあえず肯定しとこう。

「そうだよ！　オスカーって一回しかもらえないわけじゃないんだしさ。まあ、何回ももらえる人はそんなにいないけど、ノミネートだけなら何回もされてる人、いっぱいいるし。俺も受賞したあとで毎回ノミネートされて、ああ、俺じゃなかったか、残念、でも、おめでとう、って顔して拍手すればいいんだ」

「毎回は無理じゃない？」

　そんな人いないよ。ほぼ毎回、ぐらいの人はいるけどね。

「じゃあ、常連みたいな感じでさ。よーし、俺の目標は修正された。ノミネート、即受賞だ。その場合、まさか！　みたいな顔しなきゃならないんだよな。それも練習しとこ」

「練習しなくても、自然にそうなるよ」

　だって、夢にまで見た瞬間だよ？

「だろうな。俺、どんな気持ちになるんだろ。スピーチに琴音への感謝は入れるから、安心しろ」

「いや、いいよ！」

全世界に向けて、名前を発信されたくない。

「おまえ、謙虚だな」

謙虚とはまた別の話。

「ご両親に感謝しなよ。来人を役者さんにしてくれたんだから」

まあ、反対するような人たちじゃないけどね。

「両親への感謝は当然…って、だから、そのオスカー俳優になるために、俺はいま、キスの練習をしなきゃいけないんだよ。させろ」

「だから、頼んでって言ってるでしょ！」

なんなの、その上からの命令。

「させてください、琴音さま」

「いいよ。しょうがない。未来のオスカー俳優のためだしね」

しょうがないなんて思ってない。来人がキスをしたことがなくて、初めてのキスの相手に自分を選んでくれたのを嬉しいと思ってる。

「さすが、親友！」

バンバンと肩をたたかれて、痛いよ！　と琴音は抗議した。

親友…なんだよね。うん、当たり前だね。

そんな落胆は顔には出せない。

「じゃあ、カメラを持ってきたからセットする」

「は？　ぼくが断ってたらどうしたの？」

「おまえは断らない」

自信たっぷりな来人に、まさか、来人のことが好きだとばれてるんじゃないよね、と怖くなる。

俺とキスできるんだから断るわけないだろ、って思われてたらどうしよう。

「だって、おまえは友達思いだから。俺が困ってたら、絶対に助けてくれる。そういうところ、すごく信用してるんだよ」

あ、よかった。ばれてなかった。

それと同時に。

そんなふうに信頼されてて嬉しいな、と思う。たしかに、来人のためならなんでもしてあげたい。

もし、来人に恋をしてなかったとしても、キスの練習させろ、と言われたら、いいよ、と答えてただろう。

だって、大事な親友の頼みだから。

親友のままだったらよかったな。

たまに、そう考えてしまう。

来人を好きにならず、幼なじみの親友でいられたら、こんなに苦しくないのに。

それでも、一度自覚した恋心がなくなってくれるはずもなく、来人とキスできることが嬉しい、と思っている。

困ったね。どうすればいいんだろう。

いつか、この気持ちは消えて楽になるんだろうか。それとも、ずっと好きなまま、ちがう人と結婚するんだろうか。

恋が叶わない以上、どこかでものすごく苦しむのは確実で。だったら、さっさとこの気持ちがなくなればいいのに、と願う。

「はい、セットおしまい。キスするぞ」

まったくロマンチックじゃない。ただの練習なんだから当然なんだけど、もっとこうさ…、って、別に来人は自分のことを好きでもなんでもないんだからしょうがないか。

「立つのと座るの、どっちなんだろう。ホストクラブでキスするなら、ソファに座ってんのか？」

「どっちもやれば？」

この待たされてる時間がいやだ。琴音はすごくどきどきしているのに、来人はお芝居のことしか考えてない。

あらためて、好きなのは自分だけだと思い知らされる。

だったら、さっさと終わりたい。

「そうだな。どっちもやろう。まずは、ソファに腰かけて。琴音さ、俺が立ち上がるときに、シャツの裾《すそ》、ぐいって引っ張って。そしたら、にやりと笑ってキスするから」

なるほど。行かせたくない客と、それをうまくあしらうホストってやつね。

「わかった」

二人でソファに並んで腰かけた。琴音の心臓が痛いぐらい速く鼓動を打っている。

平気なふりしなきゃ。緊張してるって見せないようにしないと。

来人がすっと立ち上がった。琴音はシャツの裾をぎゅっとつかむ。

来人が振り返って、にやりと笑った。

そのあまりのかっこよさに息をのむ。気づいたら、キスされていた。

あったかいとか、やわらかいとか、そういった感想もまったくないまま、すぐに来人の唇が離れる。

初めてのキスはあっけなかった。なだめるためのキスだから、軽く触れるだけ。それも、来人の顔に見とれていたら終わってしまった。

「あと何回かさせて」

役者スイッチが入ったのか、来人は何度かポーズを変えながら、琴音にキスをする。琴音はただされるがまま。

「サンキュ」

満足したのだろう。来人は今度は琴音を立たせる。

「お見送りのときに階段とかエレベーターでキスするんだってさ。だから、こう、もたれかかって俺を見上げて？」

ぼくは役者さんじゃないよ？

そう言いかけて、やめた。

来人にキスしてほしい。ただの練習台でかまわない。

それが、とてもむなしいものだとしても。

それでも、来人と初めてキスしたのは琴音だ。

琴音は甘えるように来人にもたれかかった。現実では叶わないけど、演技でならできる。

役者になりたいなんて露《つゆ》とも思わないけど、いまはホストの客になりきっていたい。

来人にキスしてもらえるなら。

「ほら、帰れ」

「やだ」

自然にそう言葉にしていた。

「帰れ」

「やだ」

「キスしてやるから」

あごを持ち上げられて、キスをされる。

あ、やわらかい。

ようやく、来人の唇の感触を味わう。

やわらかくて、気持ちいい。

「あと何回かやってもらえる?」

真剣にそう言われて、やっぱり来人は役者なんだな、と思った。スイッチが入るというのかな。琴音が男だとかそういうことは関係なく、ちゃんとお客さんとして見えている。

立ったまま、角度を変えて何度かキスをした。こんなにキスしてると、単純作業みたいな感じがしてくる。

ちゃんとしたキスじゃないからよけいに。

「じゃあ、最後に本気のキス。舌入れる」

あっさりそう言われて、なぜか、うん、とうなずいて。

え、舌を入れるの? と驚いたのはちょっとたってから。

来人が少し離れたところに立った。琴音はそのまま立っていればいいらしい。

「おまえが好きだ」

叫ぶでもなく、淡々と。だから、よけいに来人の切ない気持ちが伝わってくる。

これを言われたら嬉しいだろうな。役だってわかっていても、あ、本気なんだな、ってきちんと理解できる。

どうして、イロコイだなんて思うんだろう。ホストはいつも演技してるから？　好きじゃない人に愛をささやくから？

「…信じられない」

琴音は小さくつぶやいた。

「信じなくてもいい。俺はおまえが好きなんだ」

来人が近づいてきて、琴音の手をぐっとつかみ、そのまま重ねるだけのキスをされた。舌で唇の間を舐《な》められて、琴音の唇が自然と開く。そこに舌が入ってきて、琴音のを絡めとった。

「んっ…んっ…」

舌を絡めるキスって、こんななんだ…。

なんだろう、くすぐったい。そして、とってもとっても気持ちがいい。

「んー、ちがうかも。最初から激しくいったほうがいいか」

来人が琴音を離して、またもとの位置に戻る。

今度は最初から舌をねじ込まれた。キスも重ねるなんてものじゃない。ものすごく激しく吸いつかれる。

「ちょ…苦しい…っ…！」

さすがに琴音は来人を押し返した。

「そっか。もうちょっと余裕がないとだめか」

それから、何度もちがった感じでキスをして。その全部に舌を入れられて。

もういい、と思った。

この恋は叶わなくても、十分に報われた。だって、こんなにキスしてもらえたんだから。

「ありがとう！」

来人がそう言って、全部が終わったとき、どのくらいの時間がたっていたのか。琴音はまったく覚えてない。

ただ、幸せだった。

来人がカメラを片づけて、家でじっくり見たいから帰るわ、とさっさと琴音の部屋から出ていったあとも、ただずっと幸せで。

なんの意味もないキスなのに。

ただの練習なのに。

それでも、こんなにも心が満たされる。

ありがとう、はこっちのセリフだよ、と琴音は思った。

ぼくを練習に選んでくれてありがとう。

すごくすごく幸せ。

その日はまったく眠れなかった。

起きて、キスのことばかり考えていた。

こんなこと二度とない。だから、覚えていたい。

でも、もうすでに来人の唇の感触は消えつつあって。

琴音は何度か唇を触る。

ねえ、来人。

本当にキスしたの？

夢じゃない？

…夢かもね。

そんなことを思いながら。

夢じゃないとわかっていても、夢なんじゃないか、と疑うほど現実味がなくて。

明日になったら全部忘れよう。

そう決意した。

だって、これを引きずってたら親友に戻れない。好きな気持ちの方が大きくなってしまう。

来人の幼なじみで親友。

その立場をなくしたくない。

だから、忘れる。

キスなんて忘れる。


「まあ、忘れなかったけどね」

琴音はぽつんとつぶやいた。初めてのキスのことを思い出すと、いまでも胸がどきどきする。

来人と初めてキスをしたのは琴音。

琴音が初めてキスをしたのは来人。

その事実に嬉しくなって、感触とか全然覚えてないのに幸せになる。

あのとき撮ったビデオが見たいな、といつも思って、でも、そんなことを言えるわけもなくて。

自分がどんな表情をしていたのか知りたい。変な顔をしてないだろうか。目が半開きだったり、緊張しすぎて顔がこわばってたり、逆にうっとりしてたり。

どれもいやだ。なんでもないふうに映っていたい。

来人は研究のために、何度もそのキスシーンを見るのだ。自分の表情だけじゃなくて、一応、相手役である琴音のことも見るだろう。

来人から見ておかしな感じになってないのか、琴音の気持ちがばれたりしないか、すごくすごく知りたい。

だけど不審に思われるだろうから頼めない。役者になんの興味もない琴音が、どうしてビデオを見たいんだ？　と問われたら、答えられないから。

だから、いまだに琴音は自分の初めてのキスの様子を見たことがない。

そのあとも、新たなキスシーンがあるごとに琴音が練習台になってきた。

幸せいっぱいでするキス。涙を流しながらの別れのキス。相手が息を引き取る間際のやさしくも切ないキス。暴力的な喧嘩をしたあとのなだめるキス。

来人とたくさんキスをして。でも、どれも、現実ではなくて。

来人と共演する相手役さんのかわりをしているだけ。

琴音にしてくれているわけじゃない。

だから、割りきれていた。

これは、自分にじゃない。琴音の向こうにいるだれかのため。

なのに、今日されたのは、明らかに琴音へのキス。

なんのために？

感謝？　感動？　急にアメリカ人にでもなった？

意味があるのか、それとも、なんにもないのか、それすらもわからない。どうしてキスをしたのか教えてほしい。

本当なら、いますぐ来人のベッドルームに行って、思い切り体を揺さぶって起こしてやりたい。

なんでキスしたのか教えてよ！

真剣にそう言えば、来人は驚くだろう。

は？　これまでありがとう、って感謝だよ。最近、アメリカナイズされちゃってさ。ほら、オスカー俳優目指してるから。

にやりと笑って、そんなふうに答えてほしい。

そしたら、安心して眠れる。

なんだ、意味はないんだ。よかった。これで、幼なじみの親友でいられる。

本当に？

琴音の心がそう呼びかけてくる。

本当に幼なじみの親友に戻りたい？　ずっと、その立場でいたい？　来人に彼女ができたり、結婚したりしても平気でいられる？

…そういうことは考えない。未来のことなんか知らない。

いま、来人の一番近くにいるのは琴音。来人がもっとも信用してくれてるのも琴音。それ以外はどうでもいい。

「どうして…」

だけど、やっぱり、その言葉がこぼれる。

あのキスはなんだったんだろう。

その答えを知りたいのに、どういう答えがくるのか怖くて。これまでの感謝だよ、と平気な顔で言われたら、自分だけが気にしているとわかって落ち込む。意味なんてない、いったいどうしたんだ、と驚かれたら、いますぐ来人の前から消えてしまいたくなる。

おまえが好きだから、という、絶対にありえない答え以外は聞きたくないから。

来人のベッドルームになんて行けない。ベッドの上で悶々《もんもん》とするだけ。

明日も朝が早いのに。運転するんだから寝なきゃいけないのに。

眠気なんて、まったく訪れてこない。

どうしよう。

このままだと徹夜だ。


「琴音」

ゆさゆさと体を揺さぶられて、琴音は、うーん、と布団の中に潜り込む。

眠いんだから寝かせてよ。

「もう五時だぞ。そろそろ準備しないと」

五時？　朝の？　そんな時間に起きる人なんて…いる！

琴音はがばっと起き上がった。それなのに、またベッドに倒れ込む。

「琴音？　どうした？」

「んー、あのあともいっぱいおめでとう連絡がきて、あんまり寝てない」

するりと嘘が出た。来人に嘘をつきたくない、と思ってるし、大事なことは絶対にごまかさないようにしてるけど、来人への恋心は隠さなきゃならないから、この点では嘘が多くなる。

でも、しょうがない。来人のマネージャーでいられなくなるのはいやだから。

「大丈夫か」

来人の手が伸びてきて、琴音の頬を触った。

「冷たい…。今日も寒いもんね」

二月なんて、もっとも気温が低い。

「おまえ、熱があるぞ」

来人の手が琴音の額に移動する。

「うわ、ちょっと測れ」

来人が薬箱から体温計を出して、琴音に渡してくれた。常備薬が入っている薬箱は、琴音の部屋に置いてある。来人の調子が悪いときにいろいろ準備するためだ。

まさか、自分で使うようになるとは。そういえば、来人のマネージャーになってから、ずっと気が張っているのか風邪のひとつも引いたことがない。

「おおげさだよ」

だって、別に自分で触っても熱くないし。

「いいから」

しょうがない。すぐに測れるんだから測ればいいか。

琴音は体温計を脇に挟んだ。一分ぐらいして、ピピッと音が鳴る。

「ほら…え？」

表示は三十八度七分。

「はい、病院行き決定。俺に寄るな。いま、病気にはなれない。俺は自分で車運転してくから、おまえ、朝一、タクシーで病院行ってこい。インフルかどうか検査する…には、最初に電話しなきゃなんないのか。じゃあ、それも電話しろ」

あ、そうか。この時期、インフルエンザってこともあるのか。だったら、無理して現場に出たら周りに迷惑をかけることになる。

「昨日からだるかった？」

「ううん、全然」

そもそも、いまもそんなにだるくない。高熱が出たとき特有の関節の痛みだったり、頭痛だったり、ぼーっとしたり、といった症状もない。

「そっか。まあ、病院が開く時間まで寝てろ。俺、一人で行ってくるから」

「でも、来人一人じゃ大変だよ！　ぼく、熱下げて…インフルだったらだめだけど…」

「とにかく検査。インフルだったら、部屋から出るな。まあ、それは冗談だけどさ。予防接種したよな？」

「うん、したよ」

インフルエンザの予防接種は、もちろんする。来人もしている。もしインフルエンザになったとしても症状が軽くすむからだ。

「インフルだったら一週間は自宅待機だから、前のマネージャーさんに来てもらおう」

「でも、所属タレントさんが…」

「そっちは社長に。それまで、うちにはマネージャーがいなかったんだし、どうにかなる」

まあ、たしかにね。来人が売れたからこそのマネージャー業なんだし。

「ごめんね、迷惑かけて」

そもそも、眠れなかったのがいけない。来人以上に体調管理をきちんとしなければならないのに。

来人がどうしてキスをしたのか、それをずっと考えていたら体調まで崩すなんて。

マネージャー失格だ。

「病気はだれのせいでもないから、気にすんな。いいか、まずはインフルかもしれないって電話してから病院行けよ」

「うん、わかった」

インフルエンザだったとしたら、来人にも移ってるかもしれない。

「俺にも移ってる可能性があるから、熱が出てないいまのうちに撮れるやつ撮ってもらうようにしとく」

昔とちがって、インフルエンザの人は休むことになっている。インフルエンザとわかっているスタッフを無理して来させたら全員に感染して、現場がひどいことになったらしい。それ以来、全員が倒れるよりも一人欠ける方がまし、というのが常識となった。

普通のことなんだけどね。それでも、実害が出ないと構造的改革は起きないんだよ。

「潜伏期間でも危なくない？」

「琴音がインフルかどうかわかってないから、そこはもう強行突破。さすがに俺が一週間休んだらやばい。熱が下がるまででも三日とかだろうし。それでも、いろんなところに影響が出る」

「そういえば、来人も風邪引かないね」

この五年間、病気で現場を休んだことはない。

「やりたいことやってるからじゃね？　楽しくてしょうがないもん、毎日」

なるほどね。

「それよりも、琴音、熱があるわりに元気そうだな」

「うん。体調が悪いってわけじゃないんだよね。でも、さすがにこの熱で運転したら危ないし、来人にハイヤー頼むよ。すぐに来てくれるから」

「いい、いい。自分で運転するってば。運転手と会話するのめんどくさい」

「会話しなくていいようにする。来人が運転するの怖いから、ハイヤー乗って」

来人の返事も聞かずに、いつも頼んでいるタクシー会社に電話する。ハイヤーだと運転手さんも接客のプロだから、安心して任せられる。

五時四十分に来てもらうことにして、来人にそれを伝えた。

こういうとき、スタジオから近いのは便利だ。

「サンキュ。琴音は絶対に運転すんなよ」

「しない。大丈夫。そこまでバカじゃない」

琴音はタクシーで行こう。あ、でも、インフルだったら…、まあ、しょうがないか。マスクをして、窓を開けといてもらおう。

「それより、来人、移るかもしれないからここから出て」

「うん、そうなんだけどさ。やっぱ、心配だから。さすがに、ここまでの高熱って子供のとき以来、出てないだろ？」

「そうだね」

子供のときって簡単に高熱が出てたよね。

「大丈夫か、本当に」

「結果はすぐに報告するよ。ほら、準備して出て。社長にも電話して、説明しなきゃならないから」

昨日といい今日といい、朝から電話を受けることになるの大変だね。まあ、それも社長の役目か。

来人がもう一度、琴音の額を触った。

「ホントに熱い。病院行くまで寝てろよ。なんか水分持ってこようか」

「自分でやるから平気。来人は準備」

「はーい」

子供みたいな返事をして、来人が出ていく。琴音は社長に電話をかけた。高熱が出て、もしかしたらインフルエンザかもしれないので朝一で病院へ行くこと。来人は六時から現場だから、だれかつけてほしいこと。社長は、わかった、俺が行く、と言ってくれた。現場に出ることをいとわない、いい人なんだよね。

すみません、お願いします、と頭を下げて、あ、相手には見えないんだ、とちょっとおかしくなった。迷惑かけてるから笑うわけにもいかない。

電話を切って、琴音は横になる。

来人、普通だったな。

目をつぶりながら、そう考えた。

昨日、キスをしたのに。まったくそんなのなかったみたいに普通の態度だった。いつものように話しかけてきた。

やっぱり、意味なんてなかったんだ。受賞した興奮が絶頂にきたときに、たまたまそこにいたのが琴音で、その情熱をぶつけたんだろう。

だったら、よかった。

でも、昨日知りたかった。

そしたら、熱なんて出なかったかもしれないのに。

「振り回されるよね…」

来人が好きだから、その一挙手一投足に気持ちがかき乱される。

理不尽だけどしょうがない。

恋をした自分の負け。


「特になんにもないですね」

すべての検査を終えたときにはすでに十時を回っていた。インフルエンザかもしれません、と電話で告げると、いますぐ裏口から来てください、と言われ、そのまま検査に回されたのに、もう一時間もたっている。

「高熱なのでインフルかと思ったんですが、特に反応はないです。血液検査もしましたけれど、悪いところもないですね。ただ熱が出ただけです」

「そんなことあるんですか？」

「子供の知恵熱みたいな感じでしょうか。頭を使いすぎたりしました？」

あー、なるほど…。

「元気に思えるかもしれませんが、まだ熱は下がってないですので、お大事になさってください」

「あの、熱が下がったら活動しても平気ですか？」

「ええ、感染症ではないですから」

「じゃあ、熱を下げてもらうことはできます？」

「解熱剤を打つこともできますけど、いまはしっかり休んだ方がいいと思います。ただの熱だとしても体が疲れているサインですので」

「ちょっと休めなくて。インフルだったら堂々と休めたんですけど」

うちの会社は、みたいな表情を浮かべてみる。

「そうですか。じゃあ、解熱剤を打ちますので、処置室に行ってください。お大事にどうぞ」

　これで診察はおしまい。小さなカードをもらって、処置室に行って、注射を打ってもらって、病院を出る。いったん家に帰ってから、社長に電話しよう。

　帰りは歩いて帰ろうかと思ったけれど、さすがにまだ高熱があるんだから無理はすまい。タクシーで戻って、社長に電話をかけた。

『おう、どうだ』

「インフルじゃなかったです」

『風邪か？』

「風邪でもないみたいで。ただ熱が出たらしいです。解熱剤を打ってもらったので、下がり次第、そっちに向かいます。すみません、ご迷惑をかけました」

『いやいや、熱が出たら休め。うち、役者以外にはブラックじゃない事務所なんだ』

　まあ、来人のもっとも忙しい時期を見てたら、役者には完全にブラックだよね。

「大丈夫です。いつかインフルにかかったときに思い切り休ませてもらうんで。お医者さんの許可ももらってます」

『そうか。来人が今日はおとなしいぞ。全部に、はい、はい、ってうなずいて、ほかの役者ともトラブルを起こさず、先取りして撮るようにがんばってる。から、おまえが元気だってことはしばらく内緒にしとく。その方がいい。今日、一気に撮れれば、明日オフにもできるしな』

「明日は取材が何本か入ってます」

さっそくベルリン映画祭の主演男優賞について、だ。ドラマ撮影の合い間を縫《ぬ》って、と思っていたけれど、ドラマがないのなら、どこかのホテルでゆっくり取材をしてもらおうか。

映画のみを扱う雑誌は減ってしまったけど、映画も舞台も、みたいな雑誌はなぜか増えている。いま、舞台俳優が人気だからかもしれない。

そういうところの取材は断らない。きちんと映画を見て、取材をしてくれるからだ。

『社長、琴音から電話は？』

ふいに聞こえてきた来人の声に、琴音は涙がこぼれそうになった。

やっぱり、好き。

この人が好き。

ほんのちょっとしか離れていないのに、もう会いたい。

熱が出てるから、気が弱くなっているのかもしれない。

『ない』

ちょっと、社長！

『大丈夫かな、琴音』

『おまえが真面目に撮り終えれば、さっさと帰れるぞ』

『わかってるから、文句も言わずやってんだよ。いつもの俺なら、それで演技だと思ってんの？　ぐらい言ってるのにさ。桃買おうかな、桃』

知っている。

『季節外れすぎるだろ』

うん。二月に桃なんて売ってない。

『缶詰のやつ。みかんと桃を買ってって、琴音に食べさせる』

社長としゃべってると、来人の口調が少し幼い。尊敬している人相手だと、そうなるのは知っている。

かわいいな、と思った。

いつもかっこいい来人がかわいい。

『いいんじゃないか。そのために働いてこい』

『衣装替えしてくる。琴音から電話きたら教えて』

『わかった』

来人の足音が遠ざかる。電話ごしでも、来人の足音はわかる。

『黙ってたんだ？』

「仕事はさっさと終わらせてもらいたいですし、共演者と喧嘩しないなんて最高ですからね。電話するより、駆けつけます」

来人が心配してくれてる。それが嬉しい。

みかんと桃の缶詰、食べたかった。

でも、病気じゃないし、ただ単に昨日のキスの意味を悩みすぎて知恵熱みたいなものが出ただけだし、来人はキスのことなんか気にしてない。

それでおしまい。

ただ、琴音の恋の病が重症だってわかっただけ。

いつまでそばにいられるのかな。

琴音は思う。

ちょっとキスされたぐらいで高熱を出すほど、来人に恋焦がれていて。いつまで、マネージャーとして平気な顔で隣に立っていられるだろう。

来人に恋人ができても平気、と思い込もうとしてたけど、ちがう。

そうなったら、おしまい。

そのときもきっと体に変調をきたす。

それは、いつ？

来人の心がだれかのものになるのは、どのくらい先の話？

ベルリン映画祭の主演男優賞を取って、またもや、来人の注目度があがっている。来人を狙う人たちも増えるだろう。

その中のだれかに来人が恋をしたら……。

「社長」

『なんだ』

ぼくのかわりを見つけておいてください。

そう言おうとして、ぐっとこらえた。

「朝早くからありがとうございました。もうすぐ向かいます」

『おう、そうしろ。けど、無理はすんなよ』

無理をしたい。だって、時間はもうあまり残されてないかもしれないから。

「はい」

だけど、そう返事をして、琴音は電話を切った。

早く、来人に会いたい。

4

「は？」

琴音は電話を受けた瞬間、あまりにも驚いてどういう反応をしていいのかわからなくなる。

向こうはあいづちだと思ったのか、言葉をつづけた。

まあ、たしかにね、日本語と英語だと、は？　の受け取り方はちがうもんね。琴音は完全に日本語として発したのに、英語としても通用してしまう困った言葉。

とりあえず頭が働いてくれて、向こうが何を言っているのかわかるのだけは助かる。

なんとなくあいづちっぽいものを打っていたら、どんどん話が進んでいった。

やばい、メモを取らないと！

そう思うのに、手元に何もない。どうしよう。

オーケー？　って言われても。本人に聞いてからじゃないと返事できない。

「来人に話は通すので、概要をメールで送ってください。メールアドレスは会社のホームページにありますけど、言いましょうか？」

頭の中で文章を組み立てながら、英語で伝えた。

琴音も英語はできる。来人がオスカー俳優になりたいから将来はアメリカに住む、と言い出したときに、じゃあ、ぼくも行こう、と思った。ごく自然に。

そのときはマネージャーになることも決まってなかったのに、来人がアメリカに行くなら自分も行く、それが当然、と考えていた。

だから、英語の勉強を必死でやった。来人みたいに英語の個人レッスンに通ったりはしなかったけれど、英文科に入って、英語がいつも身の周りにある環境にして、アメリカのドラマや映画を原語で見て、アメリカ文学も原語で読んで、英検の一級にも受かっている。TOEICやTOEFLは、実際にアメリカに行くことになったときに受ければいいと思っているので、受験していない。英検のようにずっと資格として通用するものじゃないから、アメリカに行かない時点で受けても意味がない。

来人が渡米したら、琴音もアメリカで就職するべく、そういうのを受けていくつもりだった。

だけど、もうアメリカで就職する必要はない。来人が渡米すれば、琴音もマネージャーとしてついていくだけのこと。

その機会は、どうやら思ったよりも早くめぐってきそうだ。

会社のホームページから送る、と言ってくれたので、ほっとした。アドレスを伝えるのってめんどくさいんだもん。相手がきちんと聞き取ってくれてるのかどうかもわからないし。

お待ちしてます、と言って、電話を切った。そのまま、社長に電話をする。

「なんの予備知識も与えずに、重要な電話を回さないでください！」

すぐに出た社長に、思わず、そう言ってしまう。

だって、相手はハリウッドの有名プロデューサーのアシスタント。それが本当なのかどうかは、いまだに疑っている。メールが来たら調べればいい。

用件はもちろん…。

『いや、だってさ！　英語なんだぞ？　わかるわけねえだろ！』

「じゃあ、どうして、来人に用があるってわかったんですか？」

『ライト、ライト、って言うから、明かりじゃなきゃ来人だろ』

来人はRだから、明かりじゃなくて右とかの発音だけどね。実際、話したときもそっちの発音だった。

『で、そういえば、星奈は英語できたな、って思って。こっちの番号にかけてくれ、って教えたんだ』

「それは言えたんですか？」

『世の中には翻訳ソフトっていう便利なものがあってだな。パソコンにしゃべらせた』

なるほど。それはいい考え。

『で、なんだって？』

「つぎの映画に出てほしい、って話です」

『え、あの有名プロデューサーの？』

「ええ」

『本物か？』

「それはわかりません。メールが来ると思うので、来たらぼくの携帯に転送してください」

『だれから？』

「英語のメール、全部転送してくださって大丈夫です」

迷惑メールもたくさんあるだろうけど、開けなきゃいいんだし。

『え、来人、本気でハリウッド行っちゃう？』

「どうなんでしょう。オーディションはする、って言ってました」

『アメリカでか？』

そこはよくわかってない。どこで、とは言われなかった。

でも。

「たぶん、そうだと」

まさか、日本でオーディションなんてしないだろうし。

『なんの映画なんだ？』

「その辺はすべて不明です。来人の映画に感動した、ぜひ出てほしい、としか言われてないです」

言葉を変えて、そういったことを何度も言われた。どうやら、よっぽど感銘を受けてくれたらしい。

でも、プロデューサー本人が、なのか、このアシスタントが、なのか、よくわからない。

『向こうって、プロデューサーが全部の力を持ってるんだっけ?』

「そうですね。監督をクビにできますし、キャスティングに口も挟めます。プロデューサーがすべての権限を持っています。キャスティングから何から、お金を出すプロデューサーがすべての権限を持っています。」

「そうですね。監督をクビにできますし、キャスティングに口も挟めます。プロデューサーがオッケーを出さなければ、映画そのものがぽしゃったりします。そのぐらい、圧倒的に力が強いです」

映画のためのすべてのお金を集める分、権限も強大だ。

完成した映画を見て、評判悪いからエンディング変えろ、撮り直せ、みたいなことも普通にある、と聞いて、びっくりした。ビターエンドだと売れないからハッピーエンドへ、と正反対な結末になることもあるらしい。

脚本書いた人、いやだっただろうな。

監督も雇われるから、プロデューサーと意見があわずに降板させられることもある。大作映画でそういうことがあると日本のニュースでも取り上げられる。

だから、監督とかキャスティングの責任者じゃなくて、プロデューサーに直接、声をかけられたのは大きい。

ただし、本当ならば、だけど。

だってさ、アンドリュー・リビングストンだよ？　世界で知らない人はいないんじゃないの、ってぐらい、有名なプロデューサーだよ？

そもそも、リビングストンは監督出身で、そっちのほうで名前が知られている。世界興行収入トップテンのうち、三本は彼の監督作品だ。

いまも、ほんのたまに趣味のような映画を撮ってはいるが、ほぼプロデューサー業に移行した。映画を撮る体力がない、映画製作を企画する方が楽しい、という理由らしい。

自分の製作会社も立ちあげて、そこでもかなりの利益をあげている。去年、興行収入一位を取った映画もリビングストンがプロデュースしていた。

そんな人が、わざわざ日本のこんな小さな事務所に電話をかけてきて、うちの映画に出ないかい？　って言うと思う？　そういうのってさ、おとぎ話なんじゃないの。

『んー、それなら、来人が向こうで役者とぶつかったら大変そうだな。すぐクビにされそうじゃないか？』

「あー、たしかにそれはあるかもしれませんね」

映画制作は時間との戦いだ。日本だろうとアメリカだろうと一番コストがかかるのが人件費。撮影にかかる日数は短い方がいい。それだけ人件費が抑えられる。

それなのに、共演者とケンカして、おまえとなんかできるか！　みたいなトラブルを起こして、撮影を遅らせる新人なんて必要ない。有名俳優でもないんだし。

「でも、それって、本当に来人にリビングストンから声がかかって、正式に出演が決まってから悩めばよくないですか？」

いまのところ、本当かどうかわからないんだし。

『いやー、俺の勘が、本物だ、って告げてるんだよな』

その俺の勘が、こいつは売れる！　ってスカウトしてきた人たちがどうなっているのか、よく考えてほしい。

みんな、いい役者さんだけど売れてない。来人だって、運がよかっただけだ。

たまたま、新人を連ドラで鮮烈デビューさせたい、って企画があって、奇跡的に来人にそのオーディションの話がきただけ。

視聴率第一主義のテレビ業界で、とても革新的な企画が通ったのも奇跡のひとつかな。来人にオーディションの話がきたのがどうしてかは、よくわからない。いまでこそ、阿久津来人の所属事務所、ということで、いろんなオーディションの話が舞い込んでくるけど、当時はただの弱小事務所だった。それまでも来人が受けたオーディションなんて、片手で数えるぐらい、って言ってたし。それも、ごくごく小さな役。

それがいきなり主役だもんね。何が起きたんだろう。

でも、そういった運を引き寄せるのも実力のうち。来人が選ばれた人だと思うのは、そういうところだ。

「メール来たら送ってください。それでは」

いつまでも社長と話していられない。そろそろドラマの撮影が終わって、映画の方に移動しなきゃいけない。

まだなんの確信もないのに、来人にリビングストンの話をするわけにもいかないから隠しとかなきゃ。

撮影現場には行かずに、楽屋に戻ることにした。途中で入るのも邪魔になる。雑用はたくさんあるから、それを終わらせよう。

楽屋に向かおうと歩いていたら、ドンとすごい勢いで後ろからぶつかられた。テレビ業界は忙しいので、走り回る人は多い。そして、前にだれかがいようと気にしない人もなぜか結構いる。そのうえ、邪魔だ！　と怒鳴られたりして、本当に理不尽。

マネージャーなんて現場ではただの邪魔者だと思われてるからしょうがないんだけどね。たしかに、現場でできることなんてないし。

「すみません！」

いつもの癖で、琴音が謝る。こうやって先に謝ると、向こうも、こっちこそ、と謝ってくれる確率が高いので、一種の処世術だ。

「なあなあ、どれだけ金出したんだ？」

うわ…、わざとぶつかられたんだ。最悪。

この声は、ドラマで来人と共演している役者さん。名前はたしか…小宮《こみや》だったかな？　ちょい役でよくドラマに出ているから、顔を見たことがある人も多いだろう。

以前も来人とおなじドラマに出て、そのときに険悪な雰囲気になった。来人が、そのキャリアでたいした役がこないのは才能がないからだろ、と言ったからだ。小さな役をしてくれる人だって大事なのに。そういう人がいないとドラマが成立しないのに。

まあ、でも、そのときも、最初につっかかってきたのは小宮なんだけどね。どうも、来人が初出演のドラマで売れっ子になったのが気に食わないらしい。おまえみたいに苦労を知らないやつがでかい顔してんじゃねえよ、と、来人にぼそっと言ったのをたまたま耳にしてしまった。

そこからの来人の反撃。

だから、来人が悪いわけじゃない。だって、性格悪いよね。ほかの人には聞こえないように悪口言う人って苦手だ。来人みたいに正々堂々と言い返す方がかっこいい。

聞こえないふりをする、とか、そういった大人な対応をしてくれる方が助かるけど。それは来人に望んではいけない。

小宮は監督や目上の役者さんには愛想よくしているから、性格の悪さがばれてないんだろうか。それとも、ばれててもだれも気にしないとか？　独特の風貌《ふうぼう》と演技力があるので、主役は無理でも脇だと使いやすいのかもしれない。

「すみません、急いでいるんで失礼します」

めんどくさい相手と関わり合いになりたくない。琴音が足を速めたら、がしっと腕をつかまれた。

最悪…。なんで、こんなことになってるんだろう。

「いくら出せば、あの演技力で主演男優賞が取れるんだ？　それもさ、だれがやってもうまくできそうなオカマ役なんだってな」

役者さんには丁寧に対応する。来人が迷惑をかけてるんだから、ちょっとぐらいいやみを言われても我慢する。

それを心がけてきた。そして、これからもそうしようと思ってる。

けどさ、これはさすがに無理。

琴音は思い切り腕を引いて、小宮から逃れた。小宮に向き直ると、驚いたような表情を浮かべている。

いつもぺこぺこ頭を下げている琴音が反撃したから？　おあいにくさま。こっちだって感情はあるんだよね。

来人がしでかしたことに対して何かを言われるのは平気。すみません、すみません、と頭を何度も下げるけど、半分ぐらいは聞き流してるし。言った来人が悪いことの方が多いから、怒られるのも当然だと思う。

でも、来人の演じた役を、それも、見てもいないのに悪口言うのは論外。見て、ちゃんとした批判なら、いくらでも聞く。それは来人だっておなじ。

事務所にくるファンレターには、全部目を通している。膨大な量が届いていたときも、移動中の空き時間に一生懸命読んでいた。

もちろん、かっこいいです、とか、結婚してください、とか、そういったものにはさっと目を通すだけだけど。きちんと来人の演技を見て、正当な評価を書いてくれる人も少なくはない。いい評価じゃなかったとしても、へえ、そう見えたんだ、と興味深く読んでいる。

映画は公開されたら客のもの。だから、何を言われてもいい。

それが来人のスタンス。

でもね、公開されてもないものを、それもただのやっかみで非難されるなんて、さすがに温厚な琴音でも怒る。

来人があの役とどれだけ真摯《しんし》に向き合ったか知りもしないくせに。

「オカマじゃないです。トランスジェンダーです。あと、オカマという言葉はとても失礼なので取り消してください。そういう差別的な言葉を聞きたくないです。阿久津の演技に何か言いたいのであれば、公開された映画をお金を出して見てからにしてください。それなら、きちんと耳を傾け…」

どすっ、と音がした。

あー、びっくりした。まさか、手を出すとは思わなかった。ここはテレビ局の廊下で、だれが通るかわからないのに。

普段はおとなしい琴音に反論されたのが、よっぽど腹が立ったのだろうか。別に失礼なことは言ってないと思うんだけど。

来人をけなされた割りには我慢してた方だよ？

そして、おあいにくさま。いくらひよわそうに見えても、運動神経も反射神経もいいんだよ。うまくよけて、小宮が思い切り出した手は壁に当たった。小宮は痛みのあまりうずくまってうめいている。

大丈夫かな、って心配してあげることもないんだけどね。だって、悪いのは小宮だし。でも、さすがに骨とか折れてたら大変。

「小宮さん、出番で…」

呼びにきたＡＤさんが、目の前の光景が理解できなくて、そこで言葉をとめた。

「琴音、終わった…」

おなじくスタジオから出てきた来人も、途中で目を丸くしてる。

「どうした？」

「小宮さん、急いでたみたいで壁にぶつかっちゃったんだよね。大丈夫ですか？」

さすがに心配して駆け寄るふりなんかしたくない。立ったまま、まだうめきつづけている小宮を見下ろす。

ホントに骨が折れてるのかも。自業自得とはいえ、さすがにそれだと気の毒だ。

琴音にやられた、って言いふらしてもいいけど、じゃあ、どうして？　ってことになるし、そしたら、自分がしたことも言わなきゃならない。正直に全部言ったら、自分が最初につっかかったことがばれる。

さあ、どうするんだろう。

ケガしているみたいだから、こっちから共演NGとかは出さないし、来人と揉《も》めてドラマの撮影に支障が出ると困るから、今日のことも言わずにおいてあげる。

あとは、さすがに長年、役者さんだけで食べてる人の仕事を奪いたくない。

「ふーん」

来人がにやっと笑った。

「NG出そうか？」

「いいよ、大丈夫。それより、つぎの現場に行こう」

ちょっと時間が押してる。

「わかった。荷物持ってきてくれ」

「うん。じゃあ、ここで待っててね」

荷物はもうまとめてあるから、すぐに出られる。琴音は楽屋に走って、荷物を取ってきた。

「来人、お待たせ…」

来人は立ち上がった。うずくまったままの小宮が真っ青な顔をしている。

…また、なんかやったね。

「来人？」

「行くぞ。じゃあ、また、小宮さん？」

最後はいやみたっぷりにそう言った。琴音は、ぺこり、と頭を下げて、小宮のそばを通る。

お医者さんに行った方がいいですよ。

そう口にしようかどうか迷って、結局は黙った。だって、親切にしてあげる必要なんてない。

車に着いて、乗り込んで、運転しながら後部座席の来人を見る。来人は台本を広げていた。

今日のじゃない。また新しく依頼が来たので、その台本をチェックして出るかどうか決めるためだ。

「ねえ、来人。なんて言ったの？」

「何が？」

「小宮さんに」

「うちのマネージャーに何かしたら、全部の現場から叩《たた》きだす、小物だから許してやってたけど、俺に直接ならともかく、俺の大事な人間に何かするんなら容赦しない、ってことを、もうちょっと強めに言っただけ」

もうすでに、それが強めだよね？　それ以上だと完全なる脅しだよよ？

でも、嬉しい。来人がかばってくれた。

琴音が来人に何かされるのがいやなように、来人だってそう思ってくれている。

親友だもんね。

「ところで、あれ、なんで手が折れてんの？」

「折れてた？」

「すごい腫《は》れてたから折れてたと思う。そこをついてやろうかと考えたけど、さすがにさ、それはちょっとな」

「だめだよ！」

「なー。俺が折ったことにされても困るし」

そうじゃなくて！

「折れてるとこを触るとか、ひどすぎるからだめって言ってるの！」

「は？　琴音なら弱そうだから脅してやる、って考えるような卑怯《ひきょう》なやつに、そんな配慮してやるつもりなんかないけど？　だいたい、琴音はちっちゃくて細いだけであって、俺の重い荷物をひょいひょい持てるほど筋肉あるし、運動神経もいいし、足も速いし、なめてもらっちゃ困るんだよな。琴音が折ったのか？」

「ちがうよ！」

そんなことするわけがない。

「殴《なぐ》ってこようとしたから、よけたら勝手に壁に手をぶつけただけ。折れたってことは、ホントに思い切りいったんだね。自業自得だけどさ、ちょっと気の毒」

「殴ろうとした？」

　来人の声が低くなった。

「琴音を？　その琴音のきれいな顔を殴ろうとした？」

「顔じゃないと思うけど…。マネージャーなのに言い返してきたから、カッとなっただけだよ。来人、絶対にやめてね」

　小宮の仕事を奪わないで。

「琴音を殴ろうとしたんだろ？　そんなやつ、現場にいらなくないか？」

「品行方正な人しかいなかったらつまんないよ」

　全員、性格がいい、なんてありえないし。そもそも、来人がもっとも性格が悪いと思われてるのに。

　来人の場合は、わざとそう見せてるだけにしても。

「よけたんだし、手が折れたんだし、利き手がしばらく使えないんだから、それで十分、罰は受けてると思うけどね」

「全然足りない。やっぱり、干してやる」

「あのね、そういうことに権力を使わないの。来人もさ、いまは売れてるからいいけど、そのうち人気がなくなるかもしれないでしょ。そして、もしかしたら、万が一、いや、億が一ぐらいで小宮さんが人気が出るかもしれない。そのときに仕返しされるよ」

だれがいつブレイクするかわからない。それが芸能界の怖いところ。そして、売れなかったころの恨みを人は忘れない。そういう話をよく聞く。

だから、来人の失礼な態度を謝って回るのだ。

本人はそんなつもりじゃないんです、すみません、すみません、すみません、と何度も何度も頭を下げて、機嫌を直してもらうのも、近い将来、何が起こるかわからないから。

売れてたのに最近見かけない。

そういう人がどれだけいることか。来人がそうならないともかぎらない。そのときに、まあ、使ってやるか、と手を差し伸べてくれる人は多い方がいい。

いったん人気が下降しても再ブレイクすることもあるんだし。

敵は作らない。

これは常識。

その常識を全然守ってくれないけどね、来人は。

「そしたら、アメリカ行くわ、俺」

来人がさらっとそう言った。

「アメリカ？」

どうして急に。

今朝のことがあるから、どきり、とする。それを顔に出さないように、琴音はどうにか平静を装った。

「どうせ仕事がないなら、アメリカでいっぱいオーディション受けた方がよくないか？　そろそろ、英語もどうにかなりそうだし」

「え、ホントに？」

ものすごく忙しいさなか、来人は英語の勉強をつづけている。どうやってかというと、先生に楽屋へ来てもらうのだ。待ち時間を利用して、英語を教えてもらう。お金さえ払えば、個人レッスンの先生はどこにでも来てくれる。

「うん。役になりきるのは日本でもアメリカでも変わらないけど、そのときの気持ちを英語できちんと伝えられなきゃならないだろ。それがむずかしくてさ。普通に英語がしゃべれる、と、英語で演技ができる、との間には、とんでもなく深い溝があるんだよ。母国語って、やっぱり、すごく有利だわ。日本語だと、自分の伝えたいことを伝えたいように演技できる。英語は、やっぱり、考えちゃうから、一瞬。遅れるんだよな、演技の反応が」

「英語で演技もやってるの？」

来人が英語のレッスンをしているときは、琴音は楽屋から出ている。二時間ほど来人がいないところで雑務をするとすごくはかどるし、来人に聞かれたくない会話とかもできる。

「いまは演技しかやってない。日常会話ぐらいならとっくにしゃべれるようになってる」

こういうところが来人のすごいところだと思う。

英語がしゃべれるようになったから渡米、じゃなくて、英語で演技ができるようになって初めて渡米を考えるところが。

そうだよね。英語をしゃべるのと、英語で演技をするのって、どう考えてもちがうもんね。

「アメリカ行きたい？」

「んー、役者としてなら日本にいた方がいいんだよな。いまのところ、いろんな役をもらえてるし、現場で日々、演技の勉強ができる。アメリカだとさ、まず役がもらえないじゃん？オーディションを受けるにしてもエージェントつけなきゃ厳しいみたいだし、向こうのエージェントに知り合いなんかいないし、うちの社長に頼むとか無理無謀だろ」

琴音はぷっと噴き出してしまった。まあ、たしかに。日本でも、来人が売れるまでよく潰れなかったよね、と思うぐらいなのに、アメリカでなんて絶対に無理。そもそも、社長は英語がしゃべれない。

「アメリカに行っても役者の仕事がなくてムダに時間を過ごすことになるわけで、それはもったいない。役者を始めて五年しかたってないし、日本で学べることもたくさんあるし、日本にだっていい役者はたくさんいるし、そういう人たちと話すのは楽しいから、まだいいかな」

こういうところ、本当に来人は冷静だと思う。ちゃんと自分のいまの立場を考えて、無理なものは無理、と判断している。

オスカー俳優になりたいから、さっさとアメリカに行く。

そういう短絡的な思考じゃないところが、とても頭がいいよね、と感心する。

「仕事があったら?」

リビングストンのオファーの話をしてみようか。

ふいに、そう思った。

本人じゃないかもしれない。だから、期待させるようなことはしたくない。

でも、もし、自分が来人の立場だったら、たとえ本物じゃないかもしれなくても教えてほしいんじゃないだろうか。

アメリカからのオファーがある。

それは、来人にとって、役者をつづける上で、とても心強いものになる。

「仕事にもよるよな。エキストラに毛が生えたような役だったら、わざわざ行きたくはない。アメリカで映画撮影の雰囲気を味わう、とかはさ、別にやりたくないんだよ。がっつり芝居がしたい。けど、俺のいまの英語の表現力じゃ厳しいよ。嬉しい、悲しい、ぐらい感情の振り幅が大きくちがってるなら、たぶん、できるけど。切ない嬉しさ、純粋な嬉しさ、複雑な嬉しさ、遠慮がちな嬉しさ、を英語で表現するのは無理。そこを、いま英語の先生とがんばってるところなわけだし」

か。

「たとえばだよ」

来人があまりにも謙虚だと、手助けしてあげたくなる。それは自分の弱さなのか、甘さなのか。

やさしさではない気がする。

自信満々な来人でいてほしい、という、ただのわがままかもしれない。

「有名プロデューサーから目をつけられて、今度、製作する映画に出てほしい、って言われたら行く？」

「だから、役による。通行人みたいな役だったら行かない。そもそも、有名プロデューサーが、なんで俺に目をつけるんだよ。あ、あれか。ベルリン映画祭か。あれも、遠い昔の話だよな」

「まだ一ヶ月しかたってないから！」

まあ、でも、来人の言いたいことはわかる。一ヶ月たつと、だれも主演男優賞のことを話題にしない。芸能界にはたくさんのニュースがあって、おめでたい話よりもスキャンダルの方がみんな好きなのだ。

新たなスキャンダルが出たら、その噂《うわさ》でもちきり。来人がベルリン映画祭で主演男優賞を取ったことなんて忘れ去られてしまう。

「なんかさ、俺、ちょっとは期待してたんだよ」

「だれかから声をかけられるかも、って？」

「そう。監督に現地の話を聞いたら、有名なプロデューサーや監督がたくさんいた、って興奮してたし、その人たちにほめられた、って喜んでたからさ。あ、じゃあ、俺の演技を見て、使いたい、って思ってくれる人がいるんじゃないか、って」

「まだ一ヶ月だよ？」

大丈夫、ちゃんといたよ。

「一ヶ月って十分じゃん。アカデミー賞授賞式で忙しいんだ、と自分に言い聞かせてたけど、その授賞式からも二週間以上たってるし。結局、俺の演技はまだまだ通用しないんだよ」

今年はアカデミー賞授賞式をリアルタイムで見られた。たまたま、仕事が午後遅くからだったのだ。二人で朝早く起きて、レッドカーペットでのインタビューシーンからずっとテレビにかじりついていた。

やっぱり、アカデミー賞は特別。ノミネートされるだけですごいけど、実際にオスカー像を手にするかしないかは大きなちがいだ。

俺、絶対にあれを手に入れる。

オスカー像が映るたびに、来人はそう言っていた。

取らせてあげたい、と琴音は思った。

来人の夢を叶えてあげたい。

うん、言おう。

まだ本物かどうかはわかってないけど、隠しておきたくない。来人が少し自信をなくしているなら、勇気づけたい。

「あのさ…」

「ん？」

「現場に着いたよ」

タイミングがいいのか悪いのか、撮影所に着いてしまった。楽屋でじっくり話せると思えば、それでいいか。

「結構、早かったな。間に合わないかと思った」

「うん、ぼくも思ってた。道路が空《す》いてたんだよね」

たまに、こういうラッキーがある。

楽屋に入って一息つくと、来人がメイクに呼ばれた。その間に琴音はメールを見る。この短時間に、社長からたくさんの英語のメールが転送されていた。

うん、これは完全に迷惑メール。っていうかさ、来人あてじゃないやつまで送ってきてくれなくていいんだけど！　英語のメールを全部、ってそういう意味じゃなんだよね。

それでも、もしかしたらリビングストンのアシスタントからのメールがあるかもしれない、と慎重に見ていく。

ディアで始まるメールを見つけたのは、ちょうど半分ぐらいを削除したとき。これは、と思った。本物にしろ、偽物にしろ、電話をかけてきた人からのメールだろう。

開いてみたら、たしかにそうだった。さきほど電話をした、と書いてある。アメリカとの時差からして、向こうはもう真夜中に近い。こんな時間までお疲れさまです。

内容はというと、近々、映画のプロモーションでリビングストンが日本へ行く、そのときにぜひ、ライトに会いたい（Rightになってて、なんだかかっこいい）、オーディションというわけではなく、ちょっとしたリビングストンの興味だと思ってもらえれば、というところまで読んで、これはどう判断すればいいんだろう、と迷う。電話のときと話がちがっている。あのときは、すぐにでも映画に使うからオーディションにぜひ！　みたいな感じだったのに。

やっぱり、あれはアシスタントの独断だったのかも。話だけで飛びつかなくてよかった。

それでも、リビングストンが来人に興味を持っているのは嘘じゃないらしい。

オーディションじゃないけど会ってみたい。それはつまり、来人に興味があるとしても、いますぐ自分の映画に出す予定はない、ただ、日本には行くから会ってみたい、ってことだよね。

この人は本物のアシスタントだと思っているけど、ちがっているかどうかはすぐにわかる。だって、リビングストンは日本にやってくるんだし、そのときに会えたら本物、会えなかったら偽物。簡単。

そして、いまは信じる。きっと、それはまちがってない。

「どうだ？　俺、いい男だろ？」

来人がメイクを終えて、楽屋に戻ってきた。

「うわっ、ヤクザ！」

すごいね、メイクって。来人が完全にヤクザに見える。

「な？　髪とメイク変えるだけでヤクザっぽくなるの、すごくないか。メイクさんも職人だよな」

自分にできないことができる人は素直に尊敬する。

琴音が来人を好きな理由のひとつ。

「ねえ、来人。リビングストンに会いたい？」

「だれだ、リビングストンって。冒険家？」

いそう、たしかに。

「アンドリュー・リビングストン」

「会いたいねえ」

来人が目を細めた。

「そういえば、映画のプロモーションで日本に来るんじゃなかったっけ？　たしか、来月かな」

うん、やっぱり電話は本物からだった。

「向こうも会いたいって」

琴音は来人にスマホを見せる。来人が眉間に皺《しわ》を寄せながら、画面を見た。

そうしてると、本当にヤクザみたいだね。

「なんだ、これ」

一読しての感想は、もちろん、不審感たっぷり。

「詐欺《さぎ》メール？」

「その前に電話かかってきたんだよ。で、ぼくも、詐欺電話だと思って、うちの会社にメールを送ってください、って頼んだら、そのメールが来たの。最初は、映画に出てほしい、って話だったんだけど、どうやら、そうでもないみたいで。ただ会うだけでいいなら、了承の返事するよ。ぼくの勘だけどね、それ、本物だと思うから。それに、もし偽物だとしても、日本で会う分には交通費もかからないし、オーディションじゃないからオーディション料金とかの名目でお金をふんだくられることもないし、別に損はしないでしょ？　来人が会いたくないなら断るけど」

「なんで、俺？」

「ベルリン映画祭」

琴音は来人の手からスマホを取り返す。

「だから、ちゃんと効果はあったんだよ。どうする、来人？」

答えなんて、聞かなくてもわかってるけど。

来人が琴音をふわっと抱きあげて、くるくる、と回した。

「ちょっ……！　何！」

「俺、ホントにリビングストンに会えんの？」

「会えるかどうかは保証できないよ。ただ、こちらはスケジュールが空いてます、って伝えるだけ。有名なプロデューサーなんて気まぐれだし、ドタキャンされてもしょうがない。でも、会えたらいいね」

あと、回すのやめてほしいんだけど！　目が回る！

「琴音！」

気持ちが通じたのか、来人が琴音を降ろしてくれた。

「俺さ、会いたい」

「うん。会いたいよね」

来人が目指す世界で、第一線で活躍してる人だもんね。あと、監督時代の映画も好きだし。

「やばい、すっげー会いたい！」

「じゃあ、そう返事するよ」

「俺さ、俺さ、役者やっててよかった！」

ぎゅっと抱きしめられて、琴音は、ぽんぽん、と来人の背中をたたく。

「よかったね。来人は絶対に夢を叶える人だと思うから。映画に出る話じゃないのは残念だけ

ど、リビングストンになんらかのインパクトを与えられたら、そのうち、お仕事の依頼が来るかもしれないし。来人のままで、リビングストンと話をすればいいよ」

大丈夫。来人の魅力はきっと伝わる。

そう信じてる。

「会えるだけでいい。それもさ、テレビの企画で、とかじゃなくて、向こうが指名してくれたんだぞ？　すっげー嬉しい！　嬉しい、嬉しい、嬉しい！」

来人もメールが本物だと確信してる。

「うん、嬉しいね。来人、主演男優賞取ってよかったでしょ。車の中で文句言ってたけど」

「あ、あのとき、この話をもう知ってたのか！　おまえ、性格悪いな」

「メールは読んでない。電話がきただけ。来人をぬか喜びさせるのもいやだから内緒にしとこうかと思ったけど、俺なんてどうせ…、みたいなこと言い出すからさ。そんなことない、世界的なプロデューサーに認められてるんだよ、って教えてあげたくて。そしたら、撮影所に着いちゃったから、いまになっただけ。本物だよね、このメール」

「本物だと俺の勘が告げてる」

そういうところだけ社長にそっくり。

「これで、自信家の来人に戻れる？」

「ありがとう、琴音！」

ぎゅぎゅぎゅー、ともっと強く力を込められた。これ、抱きしめてない！　プロレスの技をかけられてるみたい！

「わかったから、離して。痛いよ」

「ここにいてくれるのが琴音でよかった。俺と一緒に喜んでくれてありがとう。琴音がいるから、俺はがんばれる」

「…泣くよ？」

まだ一年もマネージャーをやっていない。最初のころはあまりにも仕事ができなくて、来人に迷惑をかけてばかりいた。

自信をなくして、やっていけないかも、と弱音を吐く琴音に、最初から仕事ができるやつなんていないから、とはげましてくれた。どんな失敗をしても怒らなかった。そういえば、あのころは来人がおとなしくしてた。琴音の仕事を増やさないためだろう。

いまは思い切り暴れてくれてる。それは、琴音がマネージャーとして頼りになる、と認めてくれたから。これは、本人にそう言われた。琴音がきちんとマネージャーになったから、いっぱい尻拭いをしてもらう、と。

あのときも嬉しかった。

いまも嬉しい。

来人が琴音にくれるやさしい言葉、すべてに涙が出そうになる。

「泣くな、バカ」

来人が琴音を離して、顔をのぞき込んだ。

「泣いてない」

「泣いてなかった。泣いてたら、からかってやろうと思ったのに」

来人がにやりと笑う。

「泣きそうだけど、泣かない。来人がオスカーもらったら、そのときに泣くって決めてる」

きっと人目もはばからず号泣する。

「だから、ぼくを泣かせたかったらオスカー取って」

「まかせろ」

笑顔でそう言う来人は、完全に自信を取り戻していた。

よかった、と思う。

来人にはいつでもきらきら輝いていてほしい。

「琴音のおかげでこの賞を取れました、ってスピーチで言うから。あ、衣装さんだ」

ノックの音と、あわせます、の声。

「じゃあ、そのまま撮影だから。返事書いといて」

「うん、もちろん」

マネージャーの仕事ですから。

「ありがとな、本当に」

来人の顔が近づいてきて、唇が重なった。琴音は目を見開く。

来人は何も言わずに楽屋を出た。琴音だって、とめるわけにはいかない。

だって、来人はこれから仕事なんだから。

でも、でも、でも。

どうして？

それを教えてほしい。

こないだもわからなくて、知恵熱を出した。解熱剤ですっかり下がって、元気になって、そのあとは何もなかったかのように過ごしてたけど。

今日もまた、考えすぎて熱が出るかもしれない。

「なんで…なの…？」

嬉しいからキスするの？　演技の勉強のしすぎで、アメリカ人っぽくなっちゃっただけ？

そうならいい。

意味がないなら、それでいい。

でも、もし、意味があったら？

来人が琴音を好きでいてくれるなら？

そんな、ありえないことを考えてしまう。

今回のキスは忘れられる。
だけど、またおなじことがあったら?
それに耐えられる?
琴音は、ぎゅっと唇を噛《か》んだ。
来人のキスの感触を消したくて。
ぎゅっと、ぎゅっと。

5

「落ち着いてね」

「落ち着けると思うか？」

　来人の体がカタカタ震えている。怖いものなし、と評されることも多く、本人も、カメラの前で緊張をしたことがない、と豪語しているし、実際にそのとおり。カメラが回ったとたん、来人じゃない別の人になる。

　舞台でもおんなじ。映像作品とはちがい、生でお客さんの前に出るのに、幕が開くまで普通に舞台袖にいて、自分の出番になったらその役になって舞台に出ていく。それはもう見事なまでに来人の気配はなくなって、きゃー！　みたいな歓声は一切あがらない。みんな、息をのむように来人の演技を見ている。

　禁止されている入り待ち、出待ちをする、困ったファンでもおんなじ。最初は、うるさいファンがいそうだから、とあまりいい顔をしなかった舞台一筋でやってきた共演者も、全員が真剣に見てくれるものだから、おまえ、いいファン抱えてんな、ありがたい、とどんどん来人と仲良くなっていってくれるのを見るのが好きだ。来人が役者さんに認められると嬉しい。

　だから、実は舞台が一番、来人のすごさを体感してもらえるんじゃないか、と思っている。

稽古《けいこ》期間も入れると拘束時間が長いので、そんなに頻繁《ひんぱん》に舞台の予定を入れられないけれど、来人自身は、ずっと舞台もやっていきたいらしい。

だれかに見られる。

それには慣れている。

尊敬する役者さんと共演すると、緊張よりも楽しさのほうが勝って演技をがんばろう、と思える。

いつも、そう言っている。

それなのに。

「だめそう?」

「だめだな、完璧に」

来人が手を差し出してきた。琴音がぎゅっと握ると、たしかにすごく冷たい。緊張すると、来人は手が冷える。

「わー、だめだね」

琴音は来人の手をさすった。基本的にどんなときも緊張しない来人だけれど、飛行機が苦手で搭乗前はこんなふうに手が冷える。普通なら来人がプレミアムクラス、琴音は普通席になるんだけど、前のマネージャーのときから、ずっと一緒にプレミアムクラスに乗ることになっている。

ゴク
ぷる
ぷる

飛行機が揺れると来人がパニックになるから。

落ちる？　これ、落ちるんじゃね？　と小声で聞いてきて、いつもとはまったくちがう来人がかわいいやら、おかしいやら。

海外の映画祭に参加しないのも、飛行機が怖いから、という理由もある。休みがあればハリウッドに行きたい、と言ってるものの、はたして本当に行けるのかどうなのか。

移動はできるだけ新幹線がいい、どれだけ時間がかかってもいいから、と言われるけど、冗談じゃない。スケジュールにそんな余裕はない。ただ、新幹線は行けばすぐに乗れるけれど、飛行機は結構いろいろ手続きがある。それを比べて、ほぼ時間が変わらなかったら、新幹線を選ぶ。そのぐらいはしてあげないと。

だから、来人は名古屋や大阪の仕事はいやがらないし、仙台でロケとか聞くとすごく喜んでくれる。これが沖縄や北海道になると、この世の終わり、みたいな表情をしている。

どっちも食べ物がおいしくていいところなのに。

飛行機内で手を差し出されたら、握ってあげるのが琴音の仕事。そのときも手は冷えているし、少し震えている。

いまとおんなじ。

「どうしよう。俺、帰ろうかな」

「バカなの？」

あ、やばい、親友としての部分が出た。マネージャーとしてアドバイスしないと。

「緊張してるなら緊張してるで、そのままを出せばいいと思うよ。とても尊敬してるので緊張してます、って最初に言うのもありじゃないかな。向こうはたくさんのファンがいる人だし、自分を前にしたら緊張する人がたくさんいる、ってこともわかってるだろうから、温かい目で見てくれるよ。大丈夫。来人は魅力的なんだから、もっと自信持って。いつかオスカー俳優になりたいんなら、こういうこともたくさん経験しないとね。オーディションじゃないんだからさ」

「オーディションだったら緊張しない」

それもそうか。尊敬している人とただ会うだけだから緊張するんだよね。

「とにかく、ここで帰ったら、来人のオスカー俳優としての将来はなくなるよ？　向こうが会いたがってるんだから、会っておいで」

「わかった」

来人は何度か深呼吸をしてから、ドアをノックした。指定されたホテルの部屋は、最上階のペントハウス。このフロアには一室しかないので、部屋をまちがえようがない。

なのに、何度かノックしても返事がない。

「インターホンとかブザーみたいなのがあるんじゃないの？」

これだけ広いと、ドアをノックしても聞こえなそう。

「あ、あった」

来人がインターホンを押した。ピンポーンと部屋の中で音が響いている。よかった。ここまで来たら、あとは会うだけ。

なのに、しばらく待ってもなんの応答もない。もう一度押してもおんなじ。

「俺、日にちをまちがえた？」

「ううん、何度もたしかめたからあってる。ちょっとアシスタントさんに電話してみるね」

あの人は何人もいるアシスタントのうちの一人で、今回、日本に同行してきている。何人もいるってすごい。それだけ、仕事がたくさんあるんだろう。

琴音はアシスタントに電話をかけた。しばらくして、電話がつながる。

「あ、もしもし、こちら、ライトのマネージャーです」

ライトで通じるの、本当に楽。英語の単語にある名前は便利。コトネとか、きっと、発音するのすらむずかしそう。

『ああ、ライトの。はいはい、リビングストン直々の誘いを断った、あのライトですね』

「え…？」

琴音は思わず、スマホをまじまじと見てしまう。そうしたところで、相手の顔が見えたりしないのに。

「どういうことですか？」

やばい、今度は琴音の手が冷えてきた。

誘いを断った…？　だれが？

『どういうことも何も、昨日の夜、急にキャンセルしてきたじゃないですか』

「そんなことしてないです！」

ありえない。昨日の夜は来人が興奮して、明日、リビングストンに会えるんだ、リビングストンのどの映画が好きかというとさ…、と長々と話をされた。

キャンセルなんかするわけがない。

『おかげで予定が空いて、リビングストンは京都を満喫してますよ。もう二度とお会いすることもお話することもないと思いますが、ご活躍をお祈りしております』

琴音の話を聞くつもりはないらしい。キャンセルしたくせに図々しい、とでも思っているのだろうか。

そして、アメリカ人も社交辞令を言うんだね。それも、いやみたっぷりに。

そんなことを考えてしまうのは、現実を受け入れたくないからだろうか。

琴音は切れた電話をじっと見つめた。

どういうことなのか、まったくわからない。

「どうした？」

さすがに来人も不安そうにしている。

「ねえ、来人。今日の予定、だれかに話した?」

リビングストンに会うことは極秘事項だった。リビングストンが、内々に、と強く要望してきたこともあって、事務所でも社長しか知らない。どこかにかぎつけられれば、レポーターや記者たちに張りつかれてしまう。リビングストンがそもそも有名人だし、来人だって日本ではトップクラスの名の知れようだ。その二人が会うとなると、大きなニュースになる。

琴音は当然、だれにも言っていない。

これで来人もだれにも話してなければ、話をつぶしたのは社長ということになる。だけど、社長がそんなことをするなんて信じたくない。

でも、どうして? 来人をアメリカにやりたくなかったから?

社長はそんな心が狭い人じゃない。もし、リビングストンの映画に出る、アメリカのエージェントもつけてもらう、となっても、さすが、俺の目がたしかだった、おまえは世界に出る男だと思ってた、と喜んでくれるはず。

そのぐらい、役者側の気持ちに立ってくれている。

そうじゃなければ、来人のバーターに所属タレントを使っているだろうし、もっと事務所も大きくなってるし、来人だって社長のところにいたりしない。

社長のことは信じてる。

「だれにも」

え、だとすると、やっぱり社長が勝手にキャンセルしたことになるんだけど。

これから確認するとしても、ちがっていてほしい。

来人が五年間、信じていた人が裏切ったなんて、そんなのひどすぎる。

「あ、山瀬《やませ》さんだけには話した」

山瀬は来人がもっとも尊敬している役者さんで、共演も多い。とてもかわいがってもらっている。

四十を少し過ぎたばかりで、いまだにドラマや映画で主演をよくしていた。その年齢で主演なんてそうそうないから、本当にすごい。

俺はハリウッドで売れっ子になるんで、と前置きしつつ、日本にいるなら山瀬さんみたいになりたいです、と本人に言っては、おう、がんばれよ、と励まされていた。

とてもいい関係だと、傍《はた》から見ていても思う。

山瀬に黙っていられなくてしゃべった来人の気持ちは理解できる。

おなじ役者仲間として、どうしてもだれかに言わずにいられないなら、来人は山瀬を選ぶだろう。きっと、いろいろ話して、よかったな、と祝福してもらったにちがいない。

そんな人が来人を裏切る？　子供みたいな表情で喜んでいる来人を見て、こいつだけが成功するなんて許せない、とか思うだろうか？

思うのかもしれない。

でも、それもまた信じたくない。

冷静に考えてみよう。

キャンセルしたのは琴音じゃない。それは絶対。

かといって、社長でもない。だって、よく考えたら、あの人にはそれができる英語力がない。最初のアシスタントからの電話すら、琴音に回してきたぐらいだ。

じゃあ、山瀬はどうだろう。

たしか、山瀬は小さいころ、親の仕事の都合で海外に住んでいた。英語も普通にしゃべれる。そして、来人とおなじ役者で、来人の成功を心からは祝えないのかもしれない。

可能性の問題だけだとしても、犯人はただ一人。

ただし、山瀬がどうして来人の邪魔をしたのか、それはまったく理解できない。

理解したくもない。

「どうしたんだ?」

「山瀬さんが断ったんだと思う。キャンセルになってた。リビングストンは、いま京都で観光中だって。もう二度とお会いすることもないでしょうけど、って」

「琴音、俺の緊張をほぐすためとはいえ、そんな作り話…」

来人の言葉がそこでとまった。たぶん、琴音がとてもとても悲しい表情をしているからだと思う。

だって、泣きそう。

山瀬じゃないといいと願いつつ、それ以外の可能性がまったく浮かばない。

どうすればいいんだろう。

来人のために、何ができる？

「山瀬さんに電話する」

来人が淡々と言った。たぶん、来人の感情はいま動いていない。リビングストンに会えないことも、山瀬が裏切ったかもしれないことも、受け止められない。

来人が何度も何度もリダイアルを押している。聞こえてくるのは、この電話は電波の届かないところに、という定型文。

着信拒否じゃなくて、電源を切っているだけ。仕事中なのかもしれない。

「なあ、琴音」

来人がようやく電話をポケットにしまった。

「俺、何がまちがってた？」

まちがってなんかいない。

ただ、運が悪かった。

「だれにも言うな、ってのを守らなかったからか？」

そうだね。それはあるよ。

でも、たとえば琴音に何かすごく嬉しいことが起きて、内緒だよ、と言われたとしても、来人には打ち明ける。

だって、一緒に喜んでほしい。来人はだれにも言わないと信じてもいる。

来人もおんなじように、山瀬を信頼していたのだ。琴音は役者じゃないから、本当の意味で、リビングストンに見出されて会えることのすごさ、嬉しさはわからない。それをすべて理解してくれるのが、来人にとっては山瀬だったんだろう。

倍ぐらいの年齢の、長年主役を張ってきた、来人の目標。

山瀬は来人の話を聞いて、喜んでくれたんだろうか。来人が興奮しすぎて、山瀬がいやそうな表情を浮かべているのを見逃したんだろうか。喜ぶふりをして、この話をつぶしてやろう、とほくそ笑んでたんだろうか。

それは、もういまとなってはわからない。

「どうする？　山瀬さんに会いに行く？」

それが一番早い。真実もわかる。山瀬がやったとしか考えられないけど、誤解だと判明するかもしれない。

それなら、どれだけいいことか。

でも、そうじゃなくても、すべてが明らかになった方がいい。

たとえ、来人の望まないものだったとしても。

「山瀬さんじゃない」

来人はうつむいた。

「あの人は俺にそんなことをしない」

「そうだね。きっと、そうだよ」

じゃあ、だれ？　ほかに、だれがいるの？

その言葉はのみこんだ。

「…帰る」

このあとの予定はすべてリスケしてあるから、何にもない。だから、家に帰ってもいい。

「本当に帰る？　京都に行ってもいいよ」

会って説明すれば、まだどうにかなるかもしれない。リビングストンほど有名な人なら、どこにいるかの目撃情報は手に入りそうだし。

ネットの発達で来人もかなり痛い目にあっているけれど、便利な部分はたしかにある。

「いい。帰る。俺はあきらめない。日本にいる間に、リビングストンに会ってみせる」

そんな甘くないよ。

それもまた、ぐっとのみこむ。

「そうだね。会えるように動くよ。じゃあ、帰ろう」

来人の思っていたとおりだったらいい。山瀬は何もしてなくて、実はキャンセルもしてなくて、アシスタントが日にちをかんちがいしていたせいで京都旅行と重なってしまって、あんなふうに言ったのかもしれない。

そうだ、こっちの落ち度とはかぎらない。リビングストン側かもしれない。

そんな楽観的な思考は、夜のニュースで裏切られることになる。

山瀬とリビングストンが京都で会っていることがネットニュースで流れたのだ。リビングストンの映画に出演決定か？　との見出しつきで、二人が楽しそうに談笑している写真も載っている。

来人はそれを見て、無言で部屋に引き揚げた。帰りの車でも帰ってからも、ひとことも口をきいていなかったから、うすうすわかってはいたんだろう。

どうしてあげればいいんだろう。

琴音はいままで見たことがないぐらい落ち込んでいる来人に、声をかけることすらできない。

芸能界の汚さとは無縁のままでいさせてあげたかった。

それが無理だとしても、一番の夢を知っている人に裏切られるなんてひどい目にあわせたくなかった。

来人を絶対に守る。

マネージャーになるときに、そう誓ったのに。

守れなかった。

来人の繊細な心を粉々にしてしまった。

それでも、来人は明日から仕事をするんだろう。だれにもなんにも言わず、傲岸不遜《ごうがんふそん》な阿久津来人でありつづける。

胸が痛い。

来人の気持ちを考えるだけで、涙がこぼれる。

何がまちがってた？

その来人の問いかけに、おなじ問いを返したい。

ぼくは何をまちがえたの？　どうして、来人を守れなかったの？

ねえ、来人。

ぼくは、どうすればいい？


「来人」

おにぎりと卵焼きをお皿に入れて、琴音は来人の部屋に入った。

「ちょっと、何か食べなよ」

ベッドの上にうつぶせになって掛け布団にすっぽりと潜り込むのは、落ち込んだときの来人の癖。

この姿を見るたびに、琴音も一緒に悲しくなっていた。

「ね、一緒に食べよ」

「…いらない」

よかった。返事をしてくれた。

「じゃあ、ここにおいとくから、おなか空いたら食べなね」

来人の声を聞くだけで、ちょっと安心する。どうやら、どん底からは抜けだしたらしい。

テーブルの上にお皿を置いて、ベッドのところに行く。ぽんぽん、と背中を撫でると、布団から腕が伸びてきた。

「おにぎり?」

ぐっと強い力でつかまれて、そのまま、布団の中に引きずり込まれる。

暗闇でもない。薄明かりは入ってくる。すぐ目の前に来人の顔があった。

「どうしたの?」

「どうしよう、俺…」

「何について? これからの人生ってこと? それとも役者として? 山瀬さんのことをどうしようか、って意味?」

「なんかもう、何にもわかんない…」

来人の声が小さい。こんなにはかなげな来人、初めて見る。

「じゃあ、やめよっか」

琴音は来人の手をぎゅっとつかんだ。冷たくはない。緊張はしていないんだな、とほっとする。

「もうさ、しばらく休んじゃってもいいよ。スケジュールはどうにかするから」

「いやだ」

来人が首を振った。

「途中で降りるとか、そんなのいやだ。俺はちゃんと役の人生を生きてやりたい。俺、やっぱり、役者が好きだ。つづけたい」

「やめようか、って考えた？」

「うん、考えた。他人を引きずり降ろしてまで居つづけたい世界なのか、ってさ。だって、あの人、もうほとんどすべて持ってんじゃん」

名前を呼びたくないんだね。わかるよ。

「それでも、俺がリビングストンに会うのが許せないってさ。そこまで強い気持ちじゃないと役者として生きていけないのかと思ったら、絶望した」

「強い気持ちなのかな」

琴音はつないだ手に力を込める。

「ただ嫉妬しただけじゃないの？」

「嫉妬ってさ、強い気持ちじゃん。俺は、演じられればいい、と思ってるから。役をもらえて、どうやって作ろうって考えて、わくわくする。そういう純粋な気持ちだけじゃいられなくて、若手に追われるのが怖くて、その人を潰そうとしなきゃいけないんなら、俺には向いてない」

「うん、向いてないね」

そういうのは来人がもっとも苦手なこと。

「でも、俺に回ってくるはずの役がだれかにいく、ってのを何度も経験すると、俺もだれかを潰したい、そして、ずっと役者でいたい、って思うのかな、とか」

「どうだろうね。それは、そうなってみないとわかんないよね」

来人はキャリアとしては、まだまだひよっこ。長年、業界にいた人の心情も心境もわかるわけがない。

「こんなことされても、俺、あの人をきらいになれないんだよな、とか」

「きらいにならなくていいんじゃない？」

日本で一番好きな役者って言ってたぐらいだし。いまでも役者としては魅力的だと感じるんなら、そのままでいればいい。

琴音は心底、軽蔑《けいべつ》しているし、二度と顔も見たくないけど。

琴音と来人がおなじことを感じる必要はない。また共演が決まって、現場で会ったら、笑顔であいさつもできる。

それがマネージャーとしての仕事。

「琴音がさ、そうやって俺を救ってくれるんだ」

来人が泣き笑いみたいな表情を浮かべた。

「全部、肯定してくれんの。俺、こんなに落ち込んでるのに、俺が何を言っても前向きな答えを返してくれて、一切、俺のことを否定しない。どんな感情を持ってても、それでいいんだよ、ってうなずいてくれる。昔から、ずっとそう。だから、俺はどんなにひどい状態のときでも、琴音とだとしゃべれる。そうじゃなきゃ、一生黙ってたいぐらいなのに」

「幼なじみだからね。来人だって、ぼくが落ち込んでたらおなじことするよ」

「しない」

来人が首を振る。

「布団ひっぺがして、うざいから落ち込むな、って起こす」

「そうだね」

琴音はくすくすと笑った。

「来人、そういう人だった。ぼくが落ち込むのを許してくれないの。俺が見たくないんだよ！とか言っちゃってさ。落ち込むぐらいいいじゃん」

「そういえば、琴音が落ち込んでるところなんて、長らく見てないな」

「落ち込む暇とかないからね。仕事で失敗した、ってがっくりしてても、来人がつぎからつぎへと問題起こすし」

「そっか。俺のおかげで落ち込まなくてすむんだ。よかったな」

「よくないよ！」

琴音は来人をにらむ。

「落ち込む暇ぐらいくれてもいいじゃん！」

「やだよ。ずっと忙しくしてろ」

「そのためには、来人が明日からも働かないとね。どうする？　ホントにしばらく休んでもいいよ。インフルエンザだったって嘘ついてあげる」

この何年か、ずっと走りつづけてきたんだから、ここで少しぐらい休憩してもいい。そのぐらいの精神的ダメージは受けているはず。

「仕事する。演じてた方が何も考えずにすむ」

「そっか」

琴音は、うんうん、とうなずいた。

「じゃあ、明日からも忙しいんだね。休めるかと思ったのに」

「琴音」

「ん？」

「やらせて」

言われている意味がわからなかった。

「何を？」

だから、そう聞いた。

「セックス」

「そんな冗談が言えるんだったら…」

琴音の言葉は、途中、キスでさえぎられる。唇をふさがれて、舌が入ってきて、来人が覆いかぶさってきた。

「んっ…んんっ…んーっ…！」

来人を押し返そうとするのに、その腕をとられて、ぴたっとベッドに押しつけられる。

来人の舌が琴音の口の中を蹂躙《じゅうりん》するみたいに動き回った。琴音はどうにかその舌から逃げようとするものの、追いかけられて絡められる。

しばらくして、ようやく来人の唇が離れた。

「来人っ…！　ホントに…こういうのは…っ…」

「琴音…俺、一人じゃないよな…？」

来人の目が揺れている。まるで捨てられた子供のような、かよわいまなざし。

ああ、そうか。全然、立ち直れてないんだ。

琴音と話しているときは、元気に見せてくれてたんだ。

一人じゃないと知るために、だれかと肌を重ねたいの？

それが、たまたま、そばにいたぼくなの？

だったら、それはとてもラッキー。

琴音でよかった。来人が選んだわけじゃなくて、ただのタイミングだとしても、いま、来人を慰められるのが自分でよかった。

「一人じゃないよ」

琴音は伸びあがって、自分からキスをする。

それは了承のサイン。

セックスなんてしたことないし、きっと、これからもすることがないんじゃないか、と思っていた。

来人がだれか好きな人を見つけて、結婚して、だれかのものになったとしても、琴音はきっと来人のことが好きなままで。来人のそばにいるのはつらいから、どこか遠くで来人を想いながら孤独に生きていくのだ、と。

だけど、これで思い出ができる。

琴音を好きでいてくれるから、とかじゃなくて、深く傷ついたときにそばにいたのが琴音だったから、だとしても。

すごく嬉しいし、すごく幸せ。

でも、それとおなじだけつらい。

…だって、来人とはお別れ。

明日、社長に辞めるって言おう。一度セックスをしてしまったら、もとの関係には戻れない。

来人は平気だとしても、琴音はちがう。

またセックスできるんじゃないいか。

そんなあさましいことを考えてしまう。

一度、既成事実が作られてしまえば、二回目がないともかぎらない。それを心のどこかで求めながら、平気な顔をしてマネージャーなんてできない。

ずっと来人と一緒にいたい。

そう思ったからマネージャーになったのに。

来人に抱かれる。そして、来人から離れる。

そっちを選んでしまった。

来人に恋をしているから。

どんな理由であれ、来人に求められるのは嬉しいから。

欲望に負けた。

でも、それでいい。

どうせ叶わない恋なんだから、あきらめるのが早いか遅いかのちがいだけ。

今日なら、抱かれる理由がある。

来人を慰めるため。

そう言い訳できる。

だから、迷わない。後悔もしない。

幼なじみで親友。

その立場を手放すのだとしても。

それでも、来人とセックスがしたい。


「あっ…んっ…やっ…」

乳首を執拗《しつよう》に舐められて、琴音は、びくん、びくん、と体を震わせた。だれともなんにもしたことがない琴音は、自分の体がどう反応するのかわからない。

まさかこんなに乳首が感じるとは思わなくて、羞恥《しゅうち》に顔が赤くなる。

「気持ちいい？」

来人の声が、さっきからやさしい。自分が無理を強《し》いていると思っているのだろう。

そうじゃないんだよ。ぼくも望んでるんだよ。

言いたいけど言えないことを胸にしまって、琴音はうなずいた。

「気持ち…いいっ…」

来人が少しでも罪悪感が減るように。

琴音も気持ちよくなってた。だから、いいんだ。

あとから、そう思えるように。

恥ずかしくても、そう言葉にする。

「そっか。よかった」

ふわっと笑う来人は子供のようで。ぎゅっと抱きしめてあげたくなる。

ピン、ととがった乳首を舌で上下に揺らされた。琴音の体がのけぞる。

「来人っ…もっ…そこ…いいよっ…？」

「やだ。舐めたい」

舌先で乳首の先端をちろちろ舐められると、体中に快感が走った。

「琴音のここも変化してる」

来人が琴音のペニスをそっと手で包む。

「やぁっ…！　あっ…ふぇ…っ…」

自分でするのとはまたちがった感触。来人の手が大きいせいか、すっぽり収まってしまっている。

…ぼくのが小さいんじゃないよね？　普通だよね？

来人が琴音のペニスをやさしくこすり始めた。にちゅ、にちゅ、と濡れた音がする。

「はぁ…っ…ん…来人っ…ぼく…ばっか…じゃなくて…いいっ…あぁっ…あぁん…」

来人の手が動くたびに、追いつめられていく。このままだとイッてしまいそう。

「琴音が気持ちよくないと、セックスしてもつまんないから」

そういえば、来人はセックスしたことがあるんだろうか。マネージャーになってからは、来人とずっと一緒にいるので、そんなことしてないのはわかっている。だけど、来人のそばにほとんどいられなかったころのことはわからない。

好奇心に負けて、だれかとしたかもしれない。好奇心じゃなくて、純粋な好意を抱いた相手がいたかもしれない。

来人の帰りが遅いと、そんなことをよく考えていた。

だけど、来人はそんな話をしないし、琴音だって聞かない。

知らなくていい、と思っていたし、いまも思っている。

なのに、セックスしてもつまんない、という言葉が引っかかる。だって、つまらないセックスをしたことがあるみたいな言い方じゃない？

「男の人と…したことが…ある…？」

「え？」

来人が乳首から唇を離して、琴音をまじまじと見た。琴音は慌てて、言葉をつむぐ。

「やり方…わかるのかな、って思って…。ぼくは…わからないよ…？」

どうするのか、ざっくりとした知識はあるけど、細かい部分はまったく知らない。

「だれとも何にもしたことないけど、琴音とならできる」

え…？　初めて…？

どうしよう。嬉しい。

嬉しくて嬉しくてたまらない。

あのころ、来人の車を待ちながら嫉妬していた自分に教えてあげたい。

来人は仕事をしてるだけだよ、大丈夫、って。

「いい…の…？」

「何が？」

「ぼく…と…して…いいの…？」

来人がゆるくペニスを擦《こす》っているから、言葉がとぎれとぎれになる。

「琴音がいいんだ」

「そっか…」

嬉しい。

好きだとかそういった感情はなくても、信用してくれてるってことだよね？

一番近くにいて、慰めてあげられる。

それは、ずっと琴音が望んでいたこと。

そして、今日でそれは終わる。

まだ引き返せるんだろうか。初めては大切にとっておきなよ、って言えば、やめてくれるだろうか。

…やめてほしくない。

正直な自分が顔を出した。

来人の初めてが全部もらえる。キスもセックスも、琴音が初めて。

キスはあのあと、ドラマや映画や舞台でも、たくさんの人としている。役者なんだから、それは当たり前で。来人の唇は琴音だけのものなんて思ってない。恋人でもなんでもないんだし、そんな権利もない。恋人だったとしても、仕事なんだからしょうがないだろ、と言われたら、認めるしかない。

セックスも、このあと、来人に好きな人ができればその人ともする。

でも、両方とも初めてをもらえるなら、そんな幸せなことはない。

「痛いと思う…?」

「痛くないように努力する」

来人が真剣な表情になった。

「痛くてもいいよ…?」

覚えていたい。

来人に抱かれたことを、ずっとずっと忘れたくない。

だったら、痛い方がいいのかも。

「俺がいやだ。だから、努力だけはする」

来人が自分の指を舐めて、たっぷりの唾液で濡らす。

「ちょっと実験」

ぐいっと足を開かれると、さすがにかなり恥ずかしい。

「み…ない…で…」

「やだ。すっごい見る」

来人の口調が子供っぽいのが、なんだか、すごくかわいくて。

ずるいよね、って思う。

いろんな面を持っている。そのどれもが魅力的。

来人の指が、琴音の奥まった部分の入り口をなぞった。

「んっ…！」

初めての感触に、琴音の体が跳ねる。

「痛い？」

「さすがに…そこを触られただけだと…痛くはないよ…？」

変な感じがするだけ。

「そっか」

来人が入り口を指で何度も撫でると、そこがだんだんやわらかく開いていくような気がしてきた。

自分ではどうなっているのかもわからないし、まったく見えないんだけど、それでも、なんとなくそう思う。

「開いてきた」

ほらね。結構、勘って当たるよね。

「中に指入れる」

つぷん、と濡れた音をさせながら、来人の指が琴音の中に入ってきた。

「んんっ……んっ……あっ……」

さすがに指が入ってくると、結構な違和感がある。

「痛い？」

「まだ…痛くはない…けど…」

「おかしな感じ？」

「そう…かな…」

すごくおかしな感じ。

「じゃあ、ちょっと探る。痛かったら言って」

「わかった…」

痛くても言わないけどね。

来人の指が琴音の入り口付近の内壁をやさしく擦りだした。ぐるり、と一周、指を回されて、違和感が少し薄れる。

こうやって慣らしていくのかな？

痛くもないし、かといって、気持ちよくもない。

だけど、幸せ。

来人の指が自分の中にある。

それだけでいい。

来人がゆっくり愛撫《あいぶ》しつづけているペニスも、まったく萎《な》えていない。それどころか、どんどん硬くなっている。

来人の指が少しだけ奥に入って、またもや内壁をまさぐった。とある部分にきた瞬間、琴音の体が、びくびくっ、とすごい勢いで跳ねた。

「いやぁっ…あっ…あぅ…っ…ん…！」

何これ…！

「ここか」

来人がそこをゆっくりと指の腹でなぞる。そのたびに琴音の体は跳ねるし、甘いあえぎがこぼれるし、何よりも体が熱い。

「やっ…来人…っ…なんか…変だよ…っ…！」

ペニスの先端から、とろとろと先走りがあふれ出した。明らかに量が多くなっている。

「大丈夫。琴音の気持ちいい部分だから」

来人がそこに触れるたびに、内壁が、ぎゅっ、と縮まった。来人の指を締めつけるようにうごめく。

「ふぇ…っ…やっ…あっ…あぁっ…」

「だめだ。我慢できない」

来人が指を抜いた。

「琴音がかわいすぎるのが悪い。たぶん、痛い。ごめんな」

琴音は、ぶんぶん、と首を横に振る。

痛くていいんだってば。

痛みでもなんでも、刻みつけてくれればいい。

これが最初で最後のセックスなんだから。

来人のペニスが入り口に当てられて、それが屹立《きつりつ》していることに涙がこぼれそうになる。

来人が感じてくれている。

自分とセックスしたいと思ってくれている。

そのことが本当に本当に嬉しい。

来人が何度か先端を擦りつけてから、ぐいっ、と中にペニスを入れてきた。

「あぁぁっ……！」

目の前に火花が散るような感覚。痛い、というよりも、熱い。

指よりもはるかに太いそれを受け入れられるほどほぐされてはなかったようで、きしむような感覚とともにペニスが少しずつ埋め込まれる。

「痛い？」

「だい…じょ…ぶ…」

痛くないわけじゃないけど、でも、大丈夫。

だって、来人とセックスしたい。

何度か出し入れしながら、来人のペニスがすべて入ってきた。二人とも、かなり汗をかいている。

「琴音の中、あったかいな…」

そんなことをしみじみと言わないでほしい。

すごく恥ずかしい。

でも、嬉しい。

嬉しい、と、幸せ、しか感情がないんじゃないか、ってぐらい、さっきからそればかりを思っている。

「動くから、もっと痛いぞ」

「だい…じょぶ…だか…ら…」

痛いのなんて、いつかは消える。

だから、たくさん痛くしてほしい。

消えないように。

忘れないように。

来人が腰を動かし始めた。

「んっ…あっ…んんっ…やっ…」

痛みはたしかにあって。

でも、快感もかすかながらある。

ぐっと腰を引き寄せられると、深くつながれたようで嬉しい。

うん、やっぱり、嬉しいし幸せ。

来人が動くたびに、あえぎではない声がこぼれるけれど。それでも、来人のペニスは硬いまんまで、琴音の中を突き上げてくれて。

「ふっ…んっ…来人っ…」

名前を呼んだら、来人がやさしく髪を撫でて、キスをしてくれた。

どうして、キスするの？

ずっと聞けなかったその問いは、いまも胸にある。

セックスしてる最中だから？　普通はキスするものなのかな？

でも、嬉しいからいい。

もっと、キスしてほしい。

琴音は手を伸ばして、来人の頬に触れた。来人が、ん？　みたいな顔をして、またキスをくれる。

伝わったのかな。そうじゃないのかな。

どっちでもいい。

ずん、と来人が琴音の奥をえぐった。

「はぁ…っ…んっ…！」

痛みなのか快感なのか、やっぱりよくわからない。

ただ、幸せな気持ちだけがある。

来人が動くたびに、琴音の内壁が、きゅう、と縮まる。来人のペニスを締めつけている。

それで来人が気持ちいいのか、それとも、逆なのか。

知りたいから、聞いてみる。

「来人っ…気持ち…いい…っ…？」

「すっげーいい」

来人が笑みを浮かべた。その顔は、子供のときのように無邪気で、嘘がなくて、琴音は安心する。

気持ちいいならよかった。

何度か琴音の中を突き上げて、来人が温かいものを放った。それと同時に琴音のペニスを少し強めに擦って、イカせてくれる。

二人とも無言で荒い息だけをついて、ぎゅっと抱き合った。

温かい、と思う。

来人の体は温かい。

この体温を覚えていたい。

きっと忘れちゃうだろうけど。

だって、ずっと覚えておくなんて無理だもの。

でも、いい。

いまが幸せだから、それ以上なんて望まない。

来人がペニスを、ずるり、と引き抜いた。

「体を拭いてやるから、おとなしくしてろ」

そう言って、ベッドから降りる。その来人の体が、とてもまぶしくて。

やっぱり好きだな、と思う。

もうそばにいられなくなったとしても、すごく好き。

「ありがとう」

起き上がる気力はないから、そうしてもらおう。イッたせいで、なんだか、すごく眠い。

目を閉じたら、体の奥が、ずくん、となった。

それが痛みなのかうずきなのかは、わからないけれど。

来人に抱かれた証拠だということだけはわかる。

「ありがとう…」

もう部屋にはいない来人に向けて、もう一度、お礼を言った。

抱いてくれてありがとう。

本当に幸せだったよ。

ありがとう。

6

「すみません、後任が見つかり次第、マネージャーを辞めたいんですけど」

琴音は社長にそう告げた。

まだ早朝だし、迷惑なのはわかっているけれど、早くしないと決意が揺らぎそうで。

結局、あれからすぐに眠ってしまって、起きたら来人の腕の中にいた。

そこが、あまりにも居心地がよくて。

自分のための場所のように思えて。

ずっといたい、と望んでしまう。

だから、だめなのだ。

抱かれたからといって恋人になったわけじゃない。来人が琴音を求めなきゃならないぐらい落ち込んでいただけ。

それなのに、かんちがいをしてしまいそうで。

琴音だから求めてくれた。

そう思ってしまいそうで。

来人の腕の中から抜け出して、自分の部屋へ戻ってきたのだ。

そのまま、社長に電話をかけた。

『は？』

「やっぱり、幼なじみだと、どうしても来人を甘やかしてしまうので。リビングストンの件は完全にぼくのせいです。だれにも言わないように、もっときつく言うべきでした。うちからハリウッドスターが出るかも、と期待していた社長にも申し訳ないです」

『ああ、それの詳細を聞こうと思ってたんだった。山瀬に言ったのは来人だよな？』

「そうですね」

『で、山瀬が来人を出し抜いて、リビングストンを京都に連れ出した、と』

「たぶん、そういうことなんじゃないかと。そのあたりは、よくわかりません」

『来人にたしかめさせてないのか？』

「はい。来人がとても傷ついていたので。だから、ぼくじゃだめなんです」

本当なら、山瀬に詳しく聞くべきだとわかってはいる。でも、昨日の来人に、それをさせられなかった。

「来人の気持ちを優先してしまうので。あと、マネージャーに向いてません」

これは嘘。マネージャーという職業は、結構、自分に向いていると思う。だけど、そうとでも言わないと辞める理由がない。

『来人は知っているのか』

「はい。辞めて幼なじみに戻ろう、と言われました」

平気で嘘をつける自分に驚きながらも、琴音はつづけた。

「この一年、大変お世話になりました。いい勉強になりました。事務所が大きくなるのを祈ってます」

『それは無理かもな。そうか、じゃあ、新しいマネージャーを募集する。ただし、そんなにすぐには見つからないぞ』

「はい。時間はかかっても、いいマネージャーを見つけてください」

その間ぐらいは、きっとどうにかなる。

『お疲れ。できれば、ずっと来人のマネージャーでいてほしかった』

ぼくもです。

その言葉をのみこんだ。

社長のすごいところは、その人の意思をきちんと優先してくれるところだ。辞める、と言ったら、辞めさせてくれる。それは、所属している役者に対してもおなじ。大手から引き抜きがあったら、譲ってしまう。

そういえば、その人たちは売れっ子になってるな。

あれ、もとうちの所属。

社長がそう言うたびに驚いていた。

本当に商売っ気のない人で、心が広くて、人間が大きくて、来人を安心してまかせておける。

「ありがとうございます。もったいないお言葉です。それでは、朝早くにすみませんでした」

ぺこり、と頭を下げて、電話を切った。ふう、と息をついたところで、ポン、と肩をたたかれる。

「ぎゃあああああああああああ！」

心からの悲鳴が出た。

だって、この家にいるのは一人しかいない。

「なあ、俺を一人にしないいんじゃなかったのか」

ぐいっ、と体を引っくり返される。そこには、とまどい顔の来人。

「俺がいま信じられるのは琴音だけだったのに。その琴音まで、俺を裏切るのか？」

ああ、こういう会話をしたくないから、内緒にしたかった。新しいマネージャーさんに引き継ぎをして、そっと消えたかった。たまっているお金で、しばらく海外に逃亡しようと計画していた。

それが全部、泡と消えた。

だって、来人に知られてしまったから。

そして、きっと知ったら怒ると思っていたのに、ちがった。

来人はわけがわからなくて困っている感じにすら見える。

怒ってくれたらよかったのに。

そしたら、喧嘩ができた。

もう、いやだ。来人のめんどうを見ることに疲れた。本当はずっと離れたかったんだ。

そうやって、嘘もつけた。でも、こんな来人にそれはできない。

来人はきっとまだ傷ついている。だから、怒る気力もないのかもしれない。

信頼していた人に裏切られたんだから、当たり前だ。それは、一晩たったぐらいで消えるものじゃない。

そばにいてあげたい。慰めてあげたい。

琴音じゃないとだめなんだ。

その言葉は信じてる。

ずっとずっと一緒にいて、楽しいこともつらいこともともに経験してきた。

生まれてから離れたことのない幼なじみで親友。

それは、自分だけの特権。

なのに、その特権を手放す。

来人から離れる。

そのことを選んだのは自分なのに、胸が痛くてたまらない。

「ぼくは責任を取る必要があると思うんだ」

だけど、本心を隠して、琴音は神妙な顔でそう告げた。

本当の理由なんて絶対に言わない。

「なんの」

「来人の夢をつぶした」

「俺が自分でな」

来人がじっと琴音を見る。全部見透かされそうな気がして、琴音はそっと目をそらした。

「でも、ぼくがきちんと確認をしてたら、こんなことにはならなかったよ。言われた日にちに行けばいい、って考えたのは、ぼくの甘えだと思うんだよね。いつもスケジュールどおりに動くから、アポイントメントの確認なんて頭になかった。前日にでも、明日ですよね、って電話してれば、いろんなことが防げて、来人を傷つけずにすんだ」

「たとえリビングストンと会えたとしても、あの人にだまされたことには傷ついただろうし、琴音がいなくなったら、俺、役者なんてできない」

は？　なに言ってんの？

どうしてかわからないけど、むっとした。その、むっ、は、むかむかっ、になって、怒りに変わる。

「ふざけたこと言わないで！」

琴音は叫んだ。

「役者は天職なんでしょ！　オスカー俳優になりたいんでしょ！　だったら、だれとぶつかってもいいし、今回みたいに信用してた人に裏切られても進んでいくしかないんだよ！　辞める前に、リビングストンと会えないか、もう一度聞いてみるから！　それが、ぼくの最後の仕事だと思って！」

「辞めてどうすんの？」

来人が捨てられた子犬みたいな目になっている。

やだ、やめて。そんな顔しないで。

怒鳴りもせず、悲しそうに聞かないで。

せっかくの決意が崩れそうになる。

来人のそばにいてあげた方がいいんじゃないか。だって、来人はこんなにも自分を頼ってるんだし。

そんなことを考えてしまう。

だめなのに。

離れなきゃいけないのに。

「仕事を見つけて働く。芸能界には関わらない」

来人のそばには近寄らない。

どこか遠くへ行く。来人に絶対に会わない場所。英語がしゃべれるから、ロンドンとかいいかもしれない。

日本にいたら、ふと会いに行ってしまうかもしれないから。

だって、琴音はそんなに強くない。

来人が好き。

その気持ちが消えたわけでもない。

来人に会わないためには、物理的な距離が必要だ。

「じゃあ、マネージャーじゃなくていいから、俺の世話係しろ。給料は俺が払えばいいんだし」

この人は何を言ってるの？

琴音はまじまじと来人を見る。

来人から離れたいからマネージャーを辞めるのに、世話係って何？　そんなことできるわけがないよ。

バッカじゃないの！

「絶対にいやだ」

「金ならいくらでも出す」

そういう問題じゃない。

お金だけのことなら、どれだけよかったか。

そして、お金で解決できると思われていることがなんだか悔しくて、むかむかする。

悲しかったり、むかむかしたり。

自分の気持ちがよくわからない。

どうしたいんだろう。

離れたくないけど、離れなきゃいけない。

それが、こんなに自分を追いつめるなんて。

もう、よくわからない。

「いやだって言ってんの！　来人のそばにいたくないからマネージャーを辞めるのに、なんで世話係なんてしなきゃいけないんだよ！　バカ！」

やばい。あまりにも動揺していて、言葉が滑《すべ》り出た。気づかないでくれればいい。スルーしてくれればいい。

無理だとわかっていながらも、そう願う。

「そばにいたくない？」

来人がきょとんとしている。

ほらね、気づかれた。

「なんで？」

なんでだろうね。理由なんてただひとつだよ。

琴音は来人が好きなのに、来人は琴音が好きじゃない。

ただ、それだけ。

でも、もっと端的に言ってしまえば。

「セックスしたから！」

そういうこと。

セックスしなければ、まだ気持ちをごまかせた。

来人は悪くない。琴音が悪い。

でも、ごめんね。

離れたいんだ。

「うん、したけどさ。いつかはしただろ。だって、俺ら、両想いなわけだし」

「…え？」

待って、待って、待って。

両想い？　どういうこと？

意味がわからない。

両想いって、おたがいが好きなことだよね？　つまり、来人も琴音を好きってことで…。

そんなわけがない。

そんなはずもない。

来人は本当に何を言っているんだろう。

「は？」

琴音の呆然《ぼうぜん》とした表情を見て、来人が目を見開いた。

「まさか、そこからわかってなかったとか言わないよな？　俺、マネージャーになってくれ、って頼んだときに、告白したつもりだったんだけど」

「されてないよ！」

されてたら、忘れるわけがないし。

告白？

告白って、そういう意味での告白？

それとも、ちがったりする？

もう、やだ。

なんにもわからない。

起きてからずっと、何もかもがわからない。

「いや、だから、ずっとマネージャーでいてくれ、ってプロポーズじゃん？　それを、いいよ、って引き受けたからには、琴音だってそのつもりだったんだろ？　そうじゃないとは言わせない」

「全然そうじゃないよ！」

いくらでも言う！

来人のそばにいたい。

琴音の願いはただそれだけだった。

プロポーズを受けたつもりなんてない。

そもそも、プロポーズって何？

どうしよう。これが自分の思っているとおりの言葉の意味じゃなくて、全部、自分のかんちがいで、来人は琴音のことをなんとも思ってなくて、結局、琴音の片想いだったら。

いますぐ、ここから逃げよう。

だって、いま、こんなにも嬉しくなってる。

告白やプロポーズという言葉で、天にも昇《のぼ》るような気持ちになってる。

「琴音、俺のこと好きだよな？」

「答えを拒否します」

好きだよ。大好きだよ。

でも、言いたくない。

来人が自分のことを好きだという確信がないから。

好きって言ったあとで、そうなんだ、と流されると悲しいから。

答えない。

「俺も琴音のことが好きなんだし。だから、両想い」

ああ、やっと、という思いと、だったら、これまでの胸の痛みや悲しさはなんだったんだろう、というとまどいと、じゃあ、昨日のセックスはちゃんとした意味があったんだ、という安《あん》堵《ど》と、遅い、という怒りと。

すべてがないまぜになって、最後の怒りだけがなぜか残った。

自分でも理不尽だと思う。

「だったらさ、どうして、昨日まで手を出してこなかったわけ！」

そのまま怒りを出した。

来人から離れる覚悟で抱かれたのに。

俺も好きだよ、ぐらいで許されると思わないで！

うん、すごく理不尽。

「だって、キスしたぐらいで体をこわばらせるから。まだしたくないのか、じゃあ、しょうがない、って」

あのキスも両想いだからされてたの？

全然！　ぜんっぜん！　まったく！　わからないよ！

琴音のことが好きだから、マネージャーになってほしい。

そう言うだけでよかったのに。前半を言わずにいるから、ただのマネージャーだと思ってた。

ちがうんなら、もっと早く知りたかった。

　言葉が足りない。

　足りなすぎて、腹が立って、涙が出そう。

「生まれたときから一緒にいるし、どうせ、死ぬまで一緒にいるから、焦る必要はないかな、って。だけど、昨日はどうしてもだめで。琴音の温もりがないとうまく息もできなくて。だから、つけこんだ。そうしたら、琴音がかわいい顔で、いいよ、ってうなずいてくれたから、ああ、ようやく、セックスしてもいいか、って思えたのかな、って喜んでたんだけど、ちがったのか？」

「は？」

「あのね！　ぼくは！　来人がぼくを好きだってことすら知らなかったよ！」

　来人が驚きのあまり、体をのけぞらせた。

「え、琴音ってバカ？」

「来人にだけは言われたくない！」

　なんで、ぼくがバカなのさ！

　なんにも言わないで、相手が理解できるとでも思ってるの⁉　ありえないからね！　エスパーでもなんでもないんだし！

「いくらなんでも、好きでもないやつとキスの練習なんかするわけないじゃん。あれも、琴音がファーストキスの相手じゃないといやだから、頼んだわけで。だってさ、よく知らない役者とファーストキスってさ。大事なやつがすぐそばにいるのに、そんなのいやに決まってるだろ。俺、あれで告白したつもりだったんだけど」

また告白されてる！　マネージャー頼んだときはどうしたんだよ！

そのときだって、されてないよ！

だから、来人は言葉が足りないんだよ！　すごい役者のくせに、どうして、好きだよ、のひとことが言えないわけ！

「ぼくはされたつもりはないよ！　ただ、役者としてがんばってるな、って思っただけだよ！　あのね、人間には言葉があるんだから、好きなら好きって言わないと伝わらないよ！」

「琴音が好き」

…うわ、すごいのがきた。やばい、これは。

だって、もう許してる。

言葉ってすごい。

きちんと感情を込めれば、全部が伝わる。

来人の本当の感情がこもった言葉。

阿久津来人じゃなくて、役でいたい。役として、そこに存在していたい。

それは来人がずっと言ってることで、そして、たしかに、来人じゃなく役としてそこにいて、役としてちゃんとしゃべっている。演じているときに、来人だと思ったことはない。役としてだれかを本気で愛していたし、その相手役をうらやましいとずっと思っていた。

だけど、いま。

来人がきちんと来人として、言葉をくれた。

これをもらえるのは自分だけ。

もう、だれもうらやましくない。

役者じゃない来人に好きをもらえた。

それだけでいい。

「順番がめちゃくちゃになってごめん。琴音が好きだから、これからもマネージャーをつづけてほしいし、恋人でもいてほしいし、セックスも定期的にしたい。どうかな?」

どうかな?　って聞き方ある?

「よろしくお願いします」

頭を下げるぼくも、バカじゃないの。

でも、嬉しいもん。

こんなふうにきちんと伝えられたら、しょうがない。

来人が好き。

その気持ちがあふれる。

そして、来人が役以外では不器用なところも、とてもかわいくて愛しくなる。

これが、琴音を好きになって琴音に告白する役だったとしたら、もっと早く自分たちはうまくいっていただろう。

そうじゃなくてよかったか、と聞かれたら、長年の片想いがつらかったので、すぐにはうなずけない。できれば、もっと早く好きって言われたかったのが本音。

でも、来人が来人であることはとても重要で。

役者じゃない来人からの告白だから、こんなにも大切で。

だから、これでよかったんだと思う。

「よかった。琴音が恋人だ」

にこにこ笑う来人は、とても無邪気で子供のときのまま。

琴音がずっと知っている来人。

うん、よかった。

来人が恋人だ。

「うん、恋人だね」

そう口にしたら、幸せな気持ちに包まれた。

「そっか。幼なじみで親友で恋人なんだ」

幼なじみで親友はやめない。それもまた、大事な役割。

「俺はずっとそう思ってたけどな。あと、マネージャーもだぞ」

「あ、そうだ!」

こうなったら、別にマネージャーを辞める必要はない。それに、辞めたくもない。

「とりあえず、社長に電話して、辞めるのを辞めるって言え」

そうだ。まずはそこから。

そこに、社長から電話がかかってきた。

「だれ?」

「社長。以心伝心だね」

琴音は電話をとる。

「もしもし、社長…」

『リビングストン本人から電話みたいなんだけど、どうすればいい?』

「え…?」

『というわけで、そっちに回す。よろしく』

すぐに電話が切り替わった。

『はーい、リビングストンです』

え、陽気な人だね。でも、この声は本物。さすがに、リビングストンの声ならわかる。英語の癖もよく知っている。

『ライトにつぎの映画に出てほしいと思ってね。事務所にオファーしたら、本人に頼め、って言うから。きみはエージェント？』

ちがうけど、そういうの説明してもしょうがない。日本にエージェントがいないことに驚かれるだけだ。

「そうです」

だから、そう答える。嘘も方便。

『細かい手続きは弁護士に任せてるから、ぼくはよく契約内容をわかってないんだけど、そんなに悪い条件じゃないと思うよ。ただ、オーディションはしてもらう。無邪気に人を殺す殺人鬼の役なんだけどね。ライトの透明感が欲しいんだ』

うわ、来人が喜びそうな役だ。

「本人に伝えて、折り返します」

『電話じゃめんどうだし、オーディションもやりたいから、うちのホテルに来てくれるかな？今日の午後三時から。今度はキャンセルしないでくれよ。じゃあ、よろしく』

断られるとは露《つゆ》とも思ってない口調でそう言うと、向こうから電話が切れた。

「来人さ、無邪気に人を殺す殺人鬼やりたい？」

「リビングストン？」

「そう」

「俺にオファー？」

「そう」

「オーディションなし？」

「あり。今日の午後三時。仕事は調整する。どうする？」

「やるに決まってんだろ！」

来人がぎゅっと琴音を抱きしめて、ちゅっとキスをした。

そうか、これも嬉しいときに、ただ琴音が好きだからキスしてくれてたのか。

本当に気づいてなかった。

「やばい、俺、ハリウッドスターだ！」

「オーディションも受かってないけどね」

「受かるっての！　やっべー、山瀬さんに言いたい。リビングストンから直々に映画のオファーがあったって」

あ、よかった。名前を言えるようになった。

だけど、山瀬のことは許さない。

来人を深く深く傷つけた人のことは全員許さない。

「琴音」

「ん？」

「一緒にハリウッドに行こう」

「うん、行くよ。来人がどうなるのか、わくわくしながら一番近くで見守ってる」

「恋人兼マネージャーってさ、たいていがうまくいかなくなるんだよな。それが怖くて、琴音に手を出さなかったたっていうのもある。けど、俺らなら大丈夫だって昨日思えた。だから、これからもガンガン手を出すし、マネージャーとしてもこき使う。俺こそ、これからもよろしくお願いします」

ぺこりと頭を下げられて、琴音は、うん、とうなずいた。その拍子に涙がこぼれる。

「来人が好き」

「俺も琴音が好き」

「いままでだって、幼なじみの親友兼マネージャーでやってこれたんだから、ぼくたちは大丈夫。だから、来人をどんどん働かせるね」

「まかせろ。働くのは好きだ。けど、たまには休みを入れて、二人で旅行行ったりしようぜ。俺、ニューヨーク行きたい」

「フライト十三時間だよ？」

飛行機怖いのに、大丈夫？

「…多少の犠牲は必要だよな。十三時間か。ずっと手を握っててほしい」

「いいよ。そこは甘やかしてあげる」

恋人なんだもんね。

あ、恋人だ。どうしよう。すごく嬉しい。

「さ、じゃあ、リビングストンのオーディションに向けて、スケジュール調整してくれ。俺は殺人鬼が出てくる映画を見まくる」

「一日スケジュールなしにするってこと？」

「そう。よろしく」

「…わかったよ」

簡単に言うけど簡単じゃないんだよ？　まあ、そこが腕の見せどころだけどね。

「琴音」

「何？」

「おはよ」

ちゅっとキスされて、胸がいっぱいになる。

そうか、おはようのキスなんてできるんだ。

「うん、おはよ。今日もよろしくね」

恋人としての初めての一日。

それは、とてもとても幸せな日の始まり。

「つ…かれた…」

来人が家に帰るなり、大きな大きなため息をついた。

今日、リビングストンの映画に来人がかなり大きな役で出る、という公式発表があったのだ。それにあわせての記者会見も、さすがにやらないわけにはいかなかった。

向こうのマネジメント会社の人も来てくれたので、いつものようにくだらない質問に、答えたくない、とばっさりやるわけにもいかず、丁寧《ていねい》に答えていた。

それは疲れるよね。

社長は、ハリウッドに行きたいならうちを辞めてもいいぞ、と相変わらず、太っ腹なところを見せてくれたが、来人は、日本でもまだ役者をやりたいから追い出そうとしてもムダですよ、とそれを拒否した。

うん、それがいい。

日本の方が役者としては活躍できてるもんね。リビングストンの映画に出たからといって、つぎのオファーが来るともかぎらないし。

「明日は来人の話題でもちきりだね。山瀬さん、悔しがるかな?」

山瀬はまったく悪びれていなかった。あれから数日後、たまたまスタジオで会ったのだ。

なんでですか?

来人は冷静に問いかけた。

ハリウッドで有名になりたかったから。おまえがなるなんてずるいと思った。俺の方がいい役者なのに。

山瀬は笑って答える。

ま、おまえの邪魔ができたから、それでいいとするよ。俺をつぶそうとしてもムダだから。うちの事務所、すげーでかいし、逆におまえのことつぶせる。

大丈夫です。そんなことしません。これまでお世話になりました。尊敬する役者でした。

ちゃんと過去形になっていて、琴音はほっとした。

それでいい。この人に学ぶところなんかない。

事務所の大きさについても山瀬の言うとおりで、全部打ち明けると社長は悔しがってはくれたけど、あそこと争うつもりはない、とごく冷静に告げた。

争っても負ける、と。

だから、いまごろ、結局、来人へのオファーをつぶせてなかったことをすごく悔しがっているだろう。

こういうことを言うのはいけないと思うし、好きでもないけど、山瀬にになら言う。

ざまあみろ。

「またメールだ。だれだ?」

来人への連絡手段は電話かショートメールのみ。メールアドレスすら作っていない。スマホに最初からついてる暗号みたいなアドレスが一応あるけれど、本人はそれを人に教えるつもりもない。長々とメール送られても迷惑だから、ともっとも簡潔な連絡手段のみを残している。

それも、マネージャーがいるからできること。

よかったね、そういう職業について。

「噂をすれば、だ」

「え、山瀬さん？」

どうして、着信拒否してないの？

「うわー」

来人が目を丸くしてから、ぷっと噴き出した。

「どうしたの？」

「何か役があれば回してくれ、だって。すっごいよな。あれだけのことしといて、こういう連絡してくるんだぜ？　そうじゃなきゃ、あの年まで残れないのかな。勉強にはなった」

「それは…本当にすごいね」

普通なら連絡できない。厚顔無恥とはこのこと。

「ま、いいや。山瀬さんのことなんてほっといて、セックスしようぜ」

「あのさ、もっとロマンチックに…」

「セックスしませんか、俺の恋人さん?」

あんまり変わらないけど、まあ、いいか。

琴音もしたい。

「ベッドまで連れてって」

恋人になって変わったことがある。来人の寝室で一緒に寝るようになったのだ。琴音の部屋はそのまま残っていて、来人が役作りをしているときなどはそっちにいる。

だけど、眠るときは一緒。

それが嬉しい。

「いいよ」

来人が、ひょい、と琴音をお姫様抱っこした。

さすが、阿久津来人。かっこいいね。

大好きだよ。


「んっ…あっ…あぁっ…!」

琴音は体をのけぞらせた。後ろから埋め込まれることには、まだ全然、慣れてなくて。いつもとちがうところに来人のペニスが当たって、それがむずがゆいような気持ちいいような、微妙な気持ちになる。

　来人はこの体勢がお気に入りのようだ。

「すっごい見える」

「な…に…がっ…！」

　琴音は恥ずかしさのあまり、真っ赤になる。

　お気に入りの理由は、琴音の中にペニスが出入りしている様子がよく見えるかららしい。

　変態！

「来人の入り口がひくひくして、俺をのみこんでるとこ。あと、引き抜いたら、真っ赤な粘膜《ねんまく》もちらっと見える。すっごいやらしい」

「うるさっ…黙って…っ…！」

　もうやだ！　恥ずかしくてたまらない。

「黙らない。琴音もずいぶん感じるようになって」

　感慨深く言われても、恥ずかしいのは変わらないからね！

　最初のときはショックのあまり、ほとんど何も言わなかった来人だけど、慣れてくるにつれおしゃべりになって、琴音が恥ずかしがるのを喜んでいる。

　趣味が悪い。

　こんなやつを好きな自分も趣味が悪い。

ぐちゅ、ぐちゅ、と音をさせながら、来人のペニスが深く浅く突き入れられた。琴音のペニスの先端からは、透明な液体がとめどなくあふれている。

「琴音、かわいい」

ちゅっと耳元にキスをされて、それだけで体が震えた。弱い部分をどんどん暴かれて、ものすごく敏感になっている。

セックスをすればするほど体が変わる。

それを実感している。

来人が手を前に回して、琴音の薄い胸を揉みしだき始めた。女の子とちがってぺったんこなのに、なぜか、来人は胸を揉みたがる。

最近はそれも感じるようになって、自分のいろんなところが来人に開発されていく。

それを幸せに思うのはしょうがない。

だって、来人が好きなんだから。

「おっぱい気持ちいい、って言って?」

「言わなっ…！」

バカじゃないのっ！

「いいから、言ってみ」

「やだっ…！」

来人が琴音の乳首を指でつまんで、そのまま引っ張った。それだけで、全身に快感が走る。

「ひっ…ん…あぁん…」

「言ってみ?」

「やだっ…いやっ…あっ…ん…っ…」

乳頭を擦られて、乳輪を指でなぞられて、乳首全体がすごくじんじんしてる。

「いい子だから、言って?」

「お…っ…ぱ…無理っ…!」

羞恥で顔が真っ赤に染まった。

「すっごいきゅうきゅうに締めつけてきた。琴音、本当は言うのいやじゃないだろ」

「いや…だ…ってば…っ…!」

両想いだとわかってから、来人は琴音との関係においても自信満々さを取り戻したのか、とんでもない意地悪をしてくる。

もちろん、やさしいし甘やかしてもくれるけど、セックスのときの意地悪はこれからもエスカレートするのかと思ったら、さすがに困る。

今度、きっちり釘を刺しておこう。

「こんなにおっぱい感じてるのに。ほら、乳首、すっごいとがってる」

指で挟まれて、くりくりと回された。

「ひ…ぅ…もっ…そこばっか…っ…」

腰の動きは完全にとまってる。

「そこってどこ?」

「おっぱい!」

もういいよ! 聞きたいなら言ってあげる!

「おっぱいばっかいじらないで!」

「色気がない」

来人が不満そうだ。

「来人が悪いんでしょ! いやだって言ってるのに、無理やり言わせるから! 色気なんて求めないでよ!」

「恥ずかしがりながら言ってほしいんだよ。やり直し」

「絶対にしません! もう、真面目にやらないなら寝るよ! ここのところ、ずっと睡眠不足なんだから」

「ああ、セックスしまくってるから?」

にやにや笑っている顔が想像できる。

むかつく!

「そうだよ! 来人、眠くないの?」

最後はちょっと心配になってしまった。来人は英語のレッスンを増やして、空き時間もまったく休めていない。琴音は少し仮眠する時間ぐらいはある。

「全然。その人のために自分の時間を使えるなら、恋してるんだってさ。俺は眠くても、琴音とセックスしたい。だから、起きてる。それだけ」

言い方はかっこいいけど、言ってること、別にかっこよくないからね。

でも、嬉しい。

琴音だって、来人とセックスしたい。

「じゃあ、しよ…?」

琴音は来人を振り向いた。来人がにこっと笑う。

「ちゃんと色気がある琴音だ。かわいい」

ちゅっとキスされて、琴音も、ちゅっとキスを返して。

うん、幸せ。

たまに言い争っても、それでも、来人とセックスするのは本当に幸せ。

「動くよ?」

こうやって甘くなる口調も大好き。

来人がようやく琴音の胸を離すと、そのまま腰を持って、激しく突き上げ始めた。

「あっ…あっ…あっ…あっ…」

琴音の唇から、あえぎがこぼれる。

ぐちゅん、ぐちゅん、と摩擦音が激しくなって、来人のペニスが奥まで埋め込まれた。いつもとは逆側を擦られて、それだけでイッてしまいそうになる。

「来人っ…イク…イク…もっ…イクっ…！」

体を揺らしながら、来人に訴えた。

「こういうとこ、本当にかわいい。もっと言って？」

「ホントに…イクってば…ぁ…」

来人のペニスの先端が、琴音の弱い部分を擦りつづけている。

「いいよ。俺もイクから、一緒にイコう」

来人が、ぐりっ、と琴音の内壁を先端で突いた瞬間。

「あぁぁぁぁっ…！」

琴音は声をあげながら放った。ほぼ同時に、来人も琴音の中に注ぎ込む。来人は、ずるり、とペニスを抜いて、ぺたん、とベッドに倒れ込んだ琴音の隣に体を横たえて、ぎゅっと抱きしめてくれる。琴音も来人の方を向いて、強く抱きついた。

体温を覚えていたい。

初めてのときにそう思った。

やっぱり、それは忘れてしまう。だから、いつも、来人の体の温かさにびっくりして、そして、感動するのだ。

ここに来人がいる、と。

来人とセックスをしてるんだ、と。

「大好き…」

小さくつぶやいたら、俺も、と微笑んでくれる。

「琴音のことがずっと好きだった。いまも大好き。な、琴音」

「ん？」

「一緒にハリウッドに乗り込もうな」

「うん！」

まだ脚本もできてないし、実際に撮影するのなんて来年以降だという話だけど、それでもチャンスが来たことは嬉しい。

そのチャンスを来人が活かすことは疑ってない。

「琴音がいてくれたら、俺はなんでもできる気がする」

「ありがとう」

そう思ってくれて。そばにおいてくれて。好きになってくれて。

ずっと一緒にいようね。

幼なじみで親友でマネージャーで、そして恋人。

そんな素敵な関係の人なんて、来人しかいないから。
離れない。
大好き。
本当に本当に大好き。

いつか、オスカー俳優になったとき、どんなスピーチをしてくれるだろう。
そう思えることが嬉しい。
だって、そのときにも一緒にいる。
そして、夢を叶えるためにともにがんばることができる。
公私ともに支えていける。
それが、とてもとても幸せ。
本当に幸せ。

あとがき

はじめまして、または、こんにちは。森本《もりもと》あきです。

さて、今回は俳優とマネージャーもの。大好きな映画関係が書けて嬉しかったです！　最近は映画熱が復活してドラマ熱が下がるという…。どっちも熱心に観るのはむずかしいですね。なので、最近の海外ドラマがわかりません。おもしろいのがあったら教えてください。

あとがきが1ページしかないので、恒例、感謝のお時間です。

挿絵は明神翼《みょうじんつばさ》先生！　毎回、本当にすてきな絵をありがとうございます！　明神先生にいつも助けられてます。またご一緒できたら嬉しいです。

担当さんには迷惑しかかけてない気がしますが、今後も見捨てずにいてくださったらありがたいです。

それでは、またどこかでお会いしましょう！

こんにちは。明神翼です☆
「傲慢な幼なじみとひみつの恋煩い」
とても可愛いキュン♥なお話で、2人の長～い両片想いを楽しく
読んで＆イラスト描かせていただきました♥
傲慢だけどヘタレな来人を支える(たまにするどいツッコミ
入れちゃう)琴音がとてもけなげでキュンキュンします✿
森本あき先生、幼なじみのステキな両片想い
萌えをたっぷりとどうもありがとう
ございました――!

初出一覧

傲慢な幼なじみとひみつの恋煩い …………… 書き下ろし
あとがき ……………………………………………… 書き下ろし

ダリア文庫をお買い上げいただきましてありがとうございます。
この本を読んでのご意見・ご感想・ファンレターをお待ちしております。

〒170-0013 東京都豊島区東池袋3-22-17　東池袋セントラルプレイス5F
(株)フロンティアワークス　ダリア編集部
感想係、または「森本あき先生」「明神 翼先生」係

この本のアンケートはコチラ!
http://www.fwinc.jp/daria/enq/
※アクセスの際にはパケット通信料が発生致します。

傲慢な幼なじみとひみつの恋煩い

2019年12月20日　第一刷発行

著　者
森本あき
©AKI MORIMOTO 2019
発行者
辻 政英
発行所
株式会社フロンティアワークス
〒170-0013 東京都豊島区東池袋3-22-17
東池袋セントラルプレイス5F
営業　TEL 03-5957-1030
編集　TEL 03-5957-1044
http://www.fwinc.jp/daria/
印刷所
中央精版印刷株式会社

DARIA BUNKO